九三文学创作文库

兰堂偶记

王文英

学苑出版社

图书在版编目（CIP）数据

兰堂偶记 / 王文英著 .—北京：学苑出版社，2017.4
（九三文学创作文库）
ISBN 978-7-5077-5180-2

Ⅰ. ①兰… Ⅱ. ①王… Ⅲ. ①散文集—中国—当代 Ⅳ. ① I267

中国版本图书馆 CIP 数据核字（2017）第 042217 号

出 版 人：孟　白
责任编辑：李　耕
封面图片：王文英（《家山梦忆》）
出版发行：学苑出版社
社　　址：北京市丰台区南方庄2号院1号楼
邮政编码：100079
网　　址：www.book001.com
电子信箱：xueyuanpress@163.com
联系电话：010-67601101（营销部）、010-67603091（总编室）
经　　销：全国新华书店
印 刷 厂：北京信彩瑞禾印刷厂
开本尺寸：880×1230　1/32
印　　张：7.875
字　　数：180千字
版　　次：2017年5月第1版
印　　次：2017年5月第1次印刷
定　　价：26.00元

总 序

"九三文学创作文库"第一辑图书即将由学苑出版社出版,这个最初由社中央文化工作委员会提出的构想,在大家努力下,终于有了成果,可喜可贺。

黑龙江省有一位九三学社基层组织的负责同志,是文学爱好者,多次把他的作品通过电子邮件传给我,有散文,有诗歌,描述他在林场当知青的生活,对当今社会巨大进步的感受,还有他特殊的家世,深深打动了我。至今还记得其中的一篇散文,是写囿于深山老林的孤寂的生活,他收养了一条狗,终日为伴,后来他回城了,那条狗天天到路口等他,日夜守护着他留下的物品,终于抑郁而死。生命之间的情感流淌笔端,让我感动不已。当时我想,我们九三学社成员中应该还有不少像他那样的业余文学爱好者,如果能组织起来,相互交流,岂不乐乎?也能以此增强九三学社组织的凝聚力。在我的建议下,2013年9月一批社内作家和业余文学爱好者聚集江西南昌,举办了"家园记忆"主题文学笔会,共商如何活跃与繁荣九三学社文学创作,笔会还邀请了著名作家王安忆和梁晓声做了有关文学创作的讲座。2015年10月社中央文化工作委员会又与九三学社云南省委和四川省委共同举办了"一带一路南方丝绸之路云南行文学笔会",邀请了著名作家方方到会,除座谈交流外,还一起赴南方丝绸之路的"五尺道"采风。这样的活动，增强了全社范围内的文学氛围，活跃了社员的文学创作，最后促成了"九三文学创作文库"的出版。文库第一辑首先选择9位九三学社作家的作品，体裁多样，包括小说、散文、诗歌、随笔等。这9位作家，或为中国作协成员，或为全国性文学大奖的获得者，有长期从事文学创作的经历，具有较为丰富的写作经验和较强的创作实力，旨在为文库开一个好头，今后还将出版更多九三学社文学爱好者的优秀作品。

文学是人类文明殿堂里的瑰宝。好的文学作品能反映社会现实，映照人的灵魂，揭示真善美。经常阅读好的文学作品，能够丰富精神生活，滋润心田，陶冶情操，深化对人生、对生命、对社会的理解，所以我一直倡导我们九三学社的同志多读优秀文学作品。我曾经在社中央全会上以及多个场合，建议大家阅读陈忠实写的《白鹿原》。记得毛主席曾经说过，要了解中国封建社会，就去读《红楼梦》，我演绎了一下：要了解中国晚清到民国的社会，要了解中国近代农村，就去读《白鹿原》。近年来我读莫言的《蛙》、王蒙的《活动变人形》、王安忆的《长恨歌》与《启蒙时代》、贾平凹的《古炉》等，读每一期《新华文摘》转载的小说，都让我对人性与对中国社会有更深入的理解。我读刘慈欣的科幻小说《三体》，对天体物理有了从来没有过的了解和兴趣。总之，我体会到经常阅读好的文学作品，能开阔自己的视野，提升自己的境界，使自己深刻、高贵和优雅，面对纷乱浮躁的社会不至于迷失方向或放弃操守。

九三学社是以科技界为主体的参政党，但历史上也不乏在

总序

人文领域卓有建树的大家，比如红学家俞平伯，语言学家黎锦熙，国学大师刘文典、程千帆、游国恩，还有杨振声、李长之、魏建功、肖涤非、冯沅君、启功等，包括我们九三学社的创始人许德珩先生。此外，像梁希、潘菽、涂长望、茅以升、周培源、吴阶平、王选等许许多多出色的科学家，都具有深厚的文学功底和艺术修养，人文精神的滋养与他们的成才以及在科学技术方面取得重大成就有着密不可分的联系。

记得在"家园记忆"文学笔会上有一位同志提出"九三人要有一颗文学的心"，我深以为然。希望全社更加关注文学，大家读更多的优秀文学著作，也特别希望我们九三学社的文学爱好者能写出更多有思想、有筋骨、有温度、有想象力和创造力的优秀作品。祝愿"九三文学创作文库"办得越来越好，成长为九三学社家园里枝叶茂盛的美丽奇葩。

韩启德
2016年11月19日

与文字相伴的时光,很温暖(代序)

数年前,我在整理出版《北窗夜话》时,就萌生了一个愿望,想在有生之年,再出版一本《兰堂品读》、一本《兰堂偶记》,还有一本《兰堂诗抄》。这样,于文字也就没有什么它想了。

时光过去了5年,《兰堂品读》早已躺在了出版社,只静等着降生了,现在《兰堂偶记》又在整理之中。

《兰堂品读》是我在《青少年书法报》同名专栏的合集,是对中国书法史上经典墨迹的赏析文字,结集时又用了半年多的时间,在连载的基础上,反复斟酌、推敲、整理、修改,查阅资料,拾遗补阙。

《兰堂偶记》和《兰堂品读》一样,也是同名专栏的合集,不同的是,文集中除了专栏文章,还收录了一部分零散地发表在其他报刊上的文章,以及一些还尚未发表的随感杂记。"兰堂偶记"开在《中国文化报》上,承蒙编辑的厚爱,专栏至今已快两岁了,发表的文章也近二十篇。文集中的文字在整理时,又花费了几十天的光景,修改、润色,个别的文章还变换了题目。

《兰堂偶记》与《北窗夜话》虽然都是散文、随笔,但确有不同。《北窗夜话》是我一个阶段文章的总汇,而《兰堂偶记》侧重的则是日常生活的随想杂感笔记,涉及书法、绘画、文学、历史,还有读书、行旅、人生感悟等等。

兰堂偶记

人的一生很长，长到你总是以为还有下一个春天；人生很短，短到你还没来得及细细品味，人生就到了冬天。一直忙忙碌碌奔波在路上，偶尔回头望望，好像只是一个错神儿，我就从青葱少女变成了资深的熟女，再看看来时的路，竟也这么长。这么长的人生路上，除了职场，我把大把的时光交给了书法绘画，而不是从小就喜欢的文字，就像忘记了自己是学习语言文学出身的。

这都源于我是一个贪心的人。于水墨意韵的钟情，让我沉吟在笔墨纸砚之间，不能自拔，虽然难于分身，但依旧没有忘情文字，偶尔还会写首诗填首词。只是留给读书为文作诗的，只有边边角角零星的小时光。而零星的小时光最是温馨，没有任务，没有压力，更没有功利，一任兴趣游走，想到哪，读到哪，写到哪，可以满足我对文字所有的爱，虽然我对它的"照顾"远不如对书法绘画那么尽心尽力，但它带给我的慰藉和快乐却是实实在在的。在文字里穿行，优游自在、怡然自乐。

想到哪，读到哪，写到哪。所以，我的许多文字、读书笔记开始于手机上的记事本。手机这玩意儿让人方便也让人恼，我常恨手机就像一个岁月神偷，但一机在手的方便，可以让我这个忙东忙西的人，有了点滴思绪、随感杂想，可以随时随地地记录下来。当然，前提是它不能坏也不能丢。

所以，很长的一段时间，总是担心使用着的手机坏了，换了新的会用着不顺手。后来，更换新手机，担心的事情还是发生了，许多文字在拷贝、传输中，一不小心误操作删除了。也因此心疼、懊恼了好长一段时间，就像不小心丢失了一部分的记忆，丢失了自己最珍爱的宝贝。新手机的记事本也真的不如老手机的方便、好用，以致有的时候有了灵感，记录速度跟不上，丢了许多灵光一闪的思绪。

当然，这也是对我只留神喜爱的事情，对其他不走心的一次小小的惩戒。

常常有朋友劝我多画画，多写写书法，少码些文字，不要忘了自己是个书法家，是个画家。我知道朋友们的好意，但他们不知道文字对我来说，是我内心的需要，我是有话想说，就像东坡先生说的那样，一生至乐就在执笔为文之时，心中错综复杂的情思，都可以倾吐在文字里，人生之乐，莫过于此。

我曾经在一篇文章中说，希望有办法使自己的生活能像"乱弹"，兼唱多种声腔源流的腔调、剧目，而又能和谐统一。我知道，这种方法或许根本就不存在，或许因为这样的贪心，今生我可能什么都不是，什么都不成，但这些兴趣爱好，我还是不会因为哪个更重要而放弃其他。因为它们对我而言，就像一个母亲膝下的几个孩子，个个都好，也个个都重要，并不期望哪个更出众，只希望个个都健康、都能快乐地成长。

与文字相伴的时光，很温暖，也很恬静。因为文字能打开记忆和想象，更会带来意想不到的宁静，让我能静静地反观自己的内心，就像是在和另一个我谈心、聊天。这些文字可以说是我成长路上不可少的修理厂、加油站，也是我的一种记忆方式，一种与人交流、与人分享的方式。更何况在忙碌中变换一下角色，小憩一下，也能让身心得到修整、平复，然后再满血地去写写画画。我怎么可能走着、走着就丢掉和自己聊天、与人交流、补充给养的机会。

真心地希望这些曾经温暖过我的文字,也能温暖读到它的朋友们。

王文英

乙未腊月初十于双清山馆之北窗

目 录
Contents

壹

秋夜读画
——龚贤的黑白世界 ………………………………… 3
我的画笔我做主 …………………………………………… 9
将美进行到底 ……………………………………………… 16
不著一字　尽得风流 ……………………………………… 21
最是那天真烂漫
——我看书法 ………………………………………… 28
书法怎么了 ………………………………………………… 32
张旭的狂草世界 …………………………………………… 37
天下第二行书 ……………………………………………… 47
说说文学家苏东坡的书法 ………………………………… 54
有这么三种人 ……………………………………………… 64
烟火的尽头 ………………………………………………… 68
找回自己 …………………………………………………… 73
阅读的快乐 ………………………………………………… 77

想到哪读到哪
　　——生活的艺术·················· 80
艺术批评的批评·················· 83

贰

有个地方叫腾冲·················· 87
不一样的香火
　　——河北采风手记之一············ 92
赵州桥来什么人修
　　——河北采风手记之二············ 97
遗落的诗情····················· 101
枫桥边······················· 105
烟花三月下扬州·················· 110
纯净与质朴的诱惑················· 118

叁

写意的宋朝
　　——过把穿越瘾··············· 125
有"癖"的生活··················· 130
甲午春日杂记··················· 136
一心························ 141
退谷······················· 145
爱························· 148
遇见······················· 151

目 录

春天的消息 …………………………………… 154

送给自己 ……………………………………… 157

乱弹 …………………………………………… 160

生命会开花 …………………………………… 163

自信的女人，颜值高 ………………………… 165

女人的小心思 ………………………………… 169

宋词里的爱情 ………………………………… 174

取舍之间 ……………………………………… 177

爱的感觉 ……………………………………… 181

另类人生 ……………………………………… 183

流水账 ………………………………………… 185

酒要五分醉 …………………………………… 188

那时的我们，很快乐 ………………………… 192

任何时候，沟通很重要 ……………………… 195

聪明人做的那些事儿 ………………………… 199

秦腔里的乡情 ………………………………… 205

错过今生 ……………………………………… 208

我的梦，还有梦想 …………………………… 210

人生的背面 …………………………………… 215

谁的人生不流泪 ……………………………… 220

放下许多，才知道自己快不快乐 …………… 223

眼前的幸福才是真的幸福 …………………… 227

指缝太宽　时间太瘦 ………………………… 230

心远地自偏 …………………………………… 235

壹

秋夜读画
——龚贤的黑白世界

深秋的夜,清冷孤寂,还不到冬季的供暖期,多少有几分难耐,人也比初秋时少了精神,多了慵懒。虽然忙碌了一个白天,却又不想就这样把时光钉在电视或者电脑前,又想放松一下神经。于是,拥着毛毯,闲读画集。

凡尘渐渐远去,眼前唯有林泉丘壑。我与这山这水静静相望,不用言语,却与山水背后的那个人、那支笔,有了比言语更好的交流。

流年似水,手中的画卷在人世间漂流了三个多世纪,经过多少双手,又被多少双眼睛洗礼过。来了走了,走了来了,朝代几更替,人间几轮回,那山那水依旧地郁郁葱葱,层峦叠嶂,烟波空渺,山间小溪依旧清澈欢快地流淌着,山水边的茅屋竹舍,寒烟孤村,瘦林渔者,也只淡淡地染上了岁月的烟尘。

这山这水我已徜徉了不知多少回,却依旧忘情,恍惚间化身烟波上的钓叟，闲钓江上，任云卷云舒，江风过耳……

我对龚贤神往很久、很久了，特别是眼前的《溪山无尽》图卷，黑白灰的调子，清雅素洁的画面，深郁静穆的意境。没有过多的色彩，却分明有着无限丰富的色阶，让人感受得到色彩与季节的变化；没有生灵，却似乎闻得到人语声，还有鸟虫的鸣叫，充满了生气与生机。这就是中国山水画高妙的地方，它在自然景物之外，更有许多不可言说的内容，蕴含了人与天与地与自然和谐的理念，寄托了人对生命的理解，还有理想，可以说是中国士阶层精神的栖息地。寒江上的渔夫好似高洁的隐士，绿茵峡谷中的孤村就是令人向往的武陵原。这些中国文化的象征元素，令中国山水画在绘画之上有了哲学的意味，比文字更富有想象的空间。

龚贤又名岂贤，字半千，又字野遗，号半亩，又号柴丈人，江苏昆山人。工诗文，善行草，以山水著称，绘画位"金陵八家"之列。并著有《香草堂集》。

龚贤《溪山无尽》

龚贤生活在明末清初，一个失去了安定与安宁的年代。他是明朝的遗民，一个节气高蹈的士人。清人入关后，他过着漂泊无定的生活，后来隐居南京的清凉山，葺半亩园，栽花种竹，习画课徒，生活清苦却悠然自得。据说他性情孤僻，与世人落落寡合。我却以为他是以一种有价值的方式生活在这个世界上，哀乐沉浮之中，保持着一份从容。

他的山水浑厚华滋，沉郁苍润，生机勃勃，特别是他的山水长卷，画面饱满，在笔笔有古意的"四王"山水横贯大江南北的清朝初年，很有些另类，也远离近距离、同地域的金陵画家的画风。

龚贤《松林书屋图》

这一定是一个孤独寂寞的灵魂，从画作中你可以感受得到他孤傲的性情，还有那不偕流俗的孤高。

龚贤隐居的清凉山，我没有到过，不知道是不是他笔下的模样。不过，中国山水画何曾以一地、一山、一水示人，龚贤笔下的山水一定凝结了他对自然的寄寓，是他的精神家园。他曾

龚贤《冬景山水图》

说过,非遍游五岳、行万里者,不知山有本支而水有原委也。

他的画浑厚苍润,反复皴擦点染的山川远林幽深无际,正是江南山水林木茂密润泽的样子;近景的几株杂树,疏离的叶,挺拔的枝干,丛林边裸露的山石,透着苍劲,分明又有着北方山水的雄浑与力度。

一般的画论著作中这样描述龚贤的绘画经历:以五代董源、巨然的画法为基础,以宋初北方画派的笔墨为主体,参以二米(米芾、米友仁父子)、元吴镇及明沈周等人,又结合自己对自然山水的观察和感受,形成了浑朴中见秀逸的风格。

艺术史上杰出的艺术家都是转移多师的,龚贤的绘画经历一定也是如此,但非要定论他以谁为师,又效法哪个,也未必求得准确。我想,他一定是既重传统笔墨又重自然,外师造化,而中得心源。

那么,他笔下的山水是不是金陵山水,是不是清凉山,又有多重要呢。

我曾画过《家山梦忆》系列，常有人问我家乡何许，南方北方？是不是笔下的模样？问题很简单，我却难以作答。所绘山水皆心之所向，何曾囿于一地、一山、一水，怎么能求得准确的地理空间。当然，笔下的山水若没有造化的影子，又如何表现自然，所以龚贤曾游历名山大川，又常年生活在清凉山中。

龚贤的绘画奇在反复皴染的积墨法，强烈的黑白对比的节奏感，还有饱满的构图，是以令他突显于中国山水画史中。他的绘画发展脉络，人们形象地称之为"白龚灰龚"与"黑龚"，由白到灰到黑，由简到繁到浑厚，他完成了自己的艺术追求。《溪山无尽》正体现了他这种成熟的画风，黑白灰的色调，反复的皴擦点染，强烈的黑白对比，丰满的构图。黑处，浓密苍茫；白处，简洁淡雅。以白衬托黑，又以黑彰显白。故其洁白的屋

龚贤《千岩万壑卷》

墙、山峦会在周围重墨的映衬下几能透出光亮,有通透虚灵之气;而周遭的重墨又在虚白之处的衬托下更显浑厚苍润。"非黑,无以显其白;非白,无以利其黑。"正是他的创作理念。(《半千课徒画说》)

令人遗憾的是世界上没有完美,龚贤的绘画也是如此。若要说遗憾,便是他山水中偶有突兀的线条,孤立于画面之外。或许,这正是他求山石硬朗力度的一种表现手段,或许是我太喜欢他的山水而按自己的审美追求以求全。

游走在风景变幻的画卷中,就如同游走在画家的心迹里,也如同游走在自己织就的诗意的梦境中,是故我总是喜欢以"家山梦忆"命名自己的画作。

这样一个深秋的夜里,又一次与龚贤相会,不知道今夜的梦中是否也会相逢……

原刊于《中国文化报》2015年1月4日

我的画笔我做主

我喜欢中国的山水画。

很久、很久了。虽然我也喜欢中国的花鸟画,特别是文人笔下的花鸟鱼虫,意蕴无穷,妙不可言。但对中国山水画却有着非一般的热爱,每每看到喜欢的山水画作,都有一种冲动,想要自己动手。所以,在我拿起画笔的时候,毫无悬念地选择了山水画。

家山梦忆

虽然我是一个由着性子过活的人,但绝不是一个任性的主儿。在涂涂抹抹的时光里,任审美驱使,也受思维牵引。自由让思维更多空间,思维让自由更有理性。

笔下的世界变化着,来来去去,好像总有一种无形的绳索牵引着,我知道,那是一种来自心底的需求。

有一天,我终于明白自己想要表达什么,那是一种"乡愁",一种"乡念",一种对故乡的思恋。虽然我对家乡所有的记忆,只有儿时点滴的碎片式的印记,但却剪不断情感深处的那份眷恋。

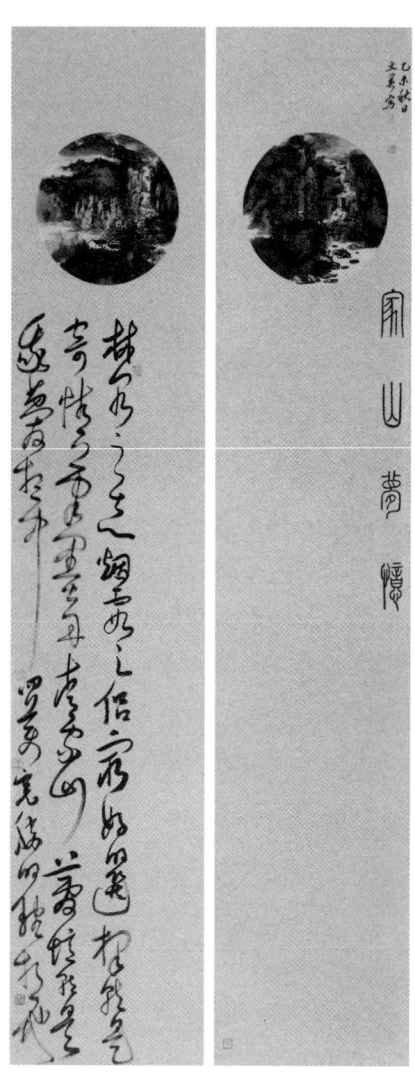

王文英《家山梦忆》

我想,不只我有故乡情结,大凡中国人都有这样的情结,走到哪儿都不会忘记自己的郡望、故里,就像漂洋过海的华人,始终称自己为"唐人"。在我们各类身份的登记表上,总有一栏标注着"籍贯",让你不忘自己是从哪里来的。旧时的中国人乡土情结更重,无论行多远的路,做多大的事,都渴望叶落能归根。怀乡之情更是浸透在文人墨客的笔墨里,名篇佳作不可计数。鲁迅的一篇《故乡》,民国时就收入了中学课本,据说日本的中学课本里也有。

画笔虽然摆脱不了潜意识的牵绊,然而笔下的世界却并非完全的现实所指。可以说,它是我梦想的一部分,是我对美好的向往,对自然的寄予,是我对家乡的记忆,所以我给它起名为"家山梦忆"。

郭熙《林泉高致》中说君子爱山乐水,他们眼中理想的山水,不仅要"可行,可望",更要"可游,可居"。然世间"可行,可望,可游,可居"的山水却四美难并。林泉之志,烟霞之侣,最好的选择就是寄情于丹青笔墨。

"家山梦忆"就是我梦想中"四美"完胜的理想地。

王文英《家山梦忆》

兰堂偶记

逍遥游

我非文人,却常做着文人惯有的梦:逍遥天地之间,任云卷云舒。

在我,能够时常弄笔窗下,闲来一杯茶,随意读诗书,登山临水,或与一二、三五好友相聚清谈,便是人生至乐。

然而,人生悠长,尘梦几许,浮世之累,难得半日之闲,也难得水木明瑟的居所;在互联网思维的当下,更难得闲适、平静的心境,还有安然地享受质朴,保留一分优雅的从容。

心中有山水,便是居林下。白乐天诗中说:"大隐住朝市,小隐入丘樊。丘樊太冷落,朝市太嚣喧。不如作中隐,隐在留司官。似出复似处,非忙亦非闲。不劳心与力,又免饥和寒。终岁无公事,随月有俸钱……唯此中隐士,致身吉且安。"

山林、庙堂是古时文人的两个梦想,却是鱼和熊掌不可兼得,所以有了白乐天的"中隐"说。然而"中隐"之梦于现实又有几分可能,哪有那么多"不劳心与力",又拿俸禄的便宜事,所以不如做个"大隐"来得现实方便。虽然红尘累世喧嚣,但还是可以找

王文英《逍遥游》

王文英《逍遥游》

到心安憩的方式，也可以优游自在，诗意地过活，不然昔时文人也不会将其列为隐中之首。

一杆竹笔、一张宣纸、一方石砚、一锭松烟墨，便可以徜徉在青山绿水间，自由地在梦里穿行。

笔下可以有茂林修竹，清泉流水；可以有山峦松风，茅屋竹舍，绿树斜阳古道……云蒸霞蔚，烟波浩渺，江山万里，风景无边。无边的风景里可以有寄托梦想的钓叟渔翁，耕者樵夫；可以有拄杖扶藜或抚琴对弈的高士，还可以有临窗读书的隐者，或者一二、三五围炉清谈的朋友……

点染着山川、林屋、烟霞，就像行进在山阴道上，风景连着风景，目不暇接。既有王摩诘"行至水穷处，坐看云起时"的

兰堂偶记

王文英《逍遥游》

闲适与从容，又有陶隐居"采菊东篱下，悠然见南山"的散淡与安宁，怡然自乐，逍遥在心梦里，真个有"山静似太古，日长如小年"的感觉。何必非要像罗景纶那样生活在深山里，才能找到唐子西诗中的意境。不出屋门，一样可以坐穷泉壑，享受慢生活的快感，还生活的本真。

我把笔下这样的图像统统称为"逍遥游"。

中国画之所以高妙，就在于它来源于现实生活，然其形而上的意义却远高于所描摹的对象，文人花鸟画如此，山水画也是如此，所以有人称之为"心象"。"家山梦忆""逍遥游"，可以说就是我的"心象"。

我想，被裹挟在大势所趋的互联网时代里的人们，林泉之想就像遥远的传说，而我的这些或许会被看作"小情调""小心思"的画作，在愉悦、沉淀自己的同时，带给读者的是一样的清新，一样的安宁，还有从容，可触，可感，可愉悦。

原刊于《中国文化报》2015 年 8 月 8 日

将美进行到底

有部电影叫作《将爱情进行到底》,电影我没有看过,不知道男女主人公经历了什么。私心猜想,或许他们的那份爱情坚贞,却波澜不断,所以,才需要咬紧牙关,将爱进行到底。

微信朋友圈里每天都能看到几场,十几场,甚至几十场的书法的、美术的展览消息。看得出来,举办展览的人没有不绞尽脑汁,挖空心思的,设计着展览主题,企图起个好名字,为的就是标新立异,不与人同,还要有广告的效应,最好让人过目不忘。

我想,如果自己再举办展览,不管是书法,还是绘画,名字一定要叫"将美进行到底"。名字的独特性,当然是不能忽视的,但我更看重的是自己的艺术理念的传达。

美术,顾名思义,就是美的艺术。所以,我的作品,书法也好,绘画也好,我想要传达给欣赏者的是美的享受,还有美好的感觉。或许我对艺术的阐释还很肤浅,或许我的认识还不到位,但自认为对艺术传达美的理念的理解是不会有问题的。

一件艺术品,直接反映的是创作者的内心世界,就像前人总结的"画如其人""字如其人",是创作者的审美理想、审美意识、审美情趣,还有文化修养、价值取向的外化。所以,一个艺术家是不是认真地做人为艺;一件艺术品,创作者用没用心,明眼人一看就知道。

私心以为,是个画家,就不会只是想着画给自己,而不去想同时画给看画的人,不期望与看画的人有审美上的共鸣。画家愉悦自己之外,更期望与他人分享这份美好。

因为一件艺术品的创作,是由创作者与欣赏者共同完成的,只有通过欣赏者欣赏之后,才能称为一件完整的艺术品。这是西方接受美学的观点。接受美学认为,一篇作品写成后,如果没有经过读者的诠释,就没有它的美学意义和价值,只能算是一个"艺术成品";只有经过读者的欣赏和诠释之后,才能成为

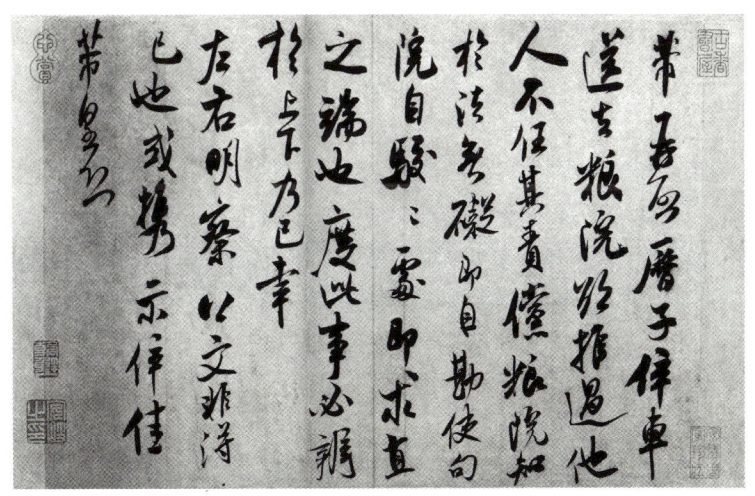

米芾《粮院帖》

一个"美学的客体"。

中国研究美学的专家宗白华说：人类第一流的文学或艺术，多半是所谓"雅俗共赏"的，像荷马、莎士比亚及歌德的文艺，拉菲尔的绘画，莫扎特的音乐，李白、杜甫的诗歌，施耐庵、曹雪芹的小说。

雅俗共赏的观点与接受美学的理论，可以说是异曲同工。这说明东西方对于艺术创作的解读没有两样。

应该说雅俗共赏，既是衡量艺术作品优劣，也是衡量艺术家高低的一个标准。但也不是说能让欣赏的人接受的作品，就具有艺术个性，就独特，就有价值；而有个性的作品也不是都能被欣赏的人所接受。因为个性不等于任意的妄为，它是有条件的。

王文英《逍遥游》

这个条件，在中国的另一个美学家王朝闻的《美学概论》中就有阐述。王朝闻说，审美主体个人主观方面的特点，只有同时又恰好是客观存在美的一种独特的反映，才能形成艺术家创作的个性。相反地，如果作品不包含客观存在美的内容，不论它如何的独特，都不可能构成与欣赏者的审美需要相适应的艺术家所特有的创作个性。

如果艺术家把创作个性理解为主观随意性的东西，在美学家眼里，这样的创作个性很可能是一种虚假的创作个性。因为，这样的作品很可能没有客观的美学意义。

人类对美的感受和认知,古今中外的人,应该是一样的,美的形象和事物能令人愉悦和感受到美好,丑的事物和形象自然会引起人的不适。现实中的美与丑的鉴别虽说因人而异,因民族、因地域、因时代不同而有所差异,但基本的约定俗成的标准还是有的。

漫长的人类艺术史,积淀了深厚的传统,经典不断地累积。后来的人,站在历史的积淀中,就像一个营养过剩的孩子,越来越难健康、顺利地成长。尤其是在信息化的当下,信息多到爆炸,时尚花样翻新,快得就像是眨眼睛,令人难以招架,更难静下心来,反观自己的内心,却极容易被时代裹挟。更何况泛娱乐化的情绪漫延,人们喜欢速食、快餐、搞怪、个性张扬,从事艺术创作的人也难免受到影响。

有那么一些艺术家,就绝不委曲自己的心思,由着性子游走,更

王文英《逍遥游》

看重是个性价值。画个美女，也要画出不一样的感觉，要么躯体、五观大变形，要么五观、面谱乾坤大挪移。谁家的美人会是这样大头小身子，眼睛长在额顶上。就是制作这些极尽夸张的美人图的"父母亲"，我想，他们也不会幻想着如果成个家，家里的另一半"美"成这个样子，更不想自己的下一代长成这个样子。

没有人会喜欢欣赏一幅违背审美习惯和审美经验的作品，更不会有人喜欢将这样的作品悬挂在自己家的厅堂或者居室里，每天低头不见抬头见。这些作品就像王朝闻说的是任意的主观随意性的产品，虽然具有独特的艺术构思、独特的艺术传达和表现方法，但却没有客观美的基础，所以谈不上独特的感受和认识。这样不具有客观的美学意义的作品，是不会引起欣赏者的审美共鸣的，充其量也就算是一件"艺术成品"，而不是完整的艺术作品。

现在的艺术不缺独特的表现方法和手段，缺的是对客观现实美的发掘。作为一个艺术人，最不能忘记的是要用自己的眼睛看世界，用自己的心灵去感受世界，用自己的画笔去表现这些发现和感受。我想，这样的艺术创作就是在将美进行到底。

当然，世界上任何一条路，走的人多了，都会拥挤。想要换条路，或者开辟一条新路，都是有难度和风险的。但不管怎样，走老路，还是开创新路，都好过悬在空中不接地气的好，尤其是艺术家。

2015 年 12 月于双清山馆
原刊于《中国文化报》2016 年 7 月 5 日

不著一字　尽得风流

今天上午看到好友微信中说，搞美术理论的陈传席曾说过画若没有古意，格调便不高，心里想着那些千姿百态的美丽画面，搜寻着"古意"与"格调"的高低。

美术的要义是要通过画面将"美"传达给欣赏者。而客观美对于中国画来说只是一个方面，它还要求在客观之上有精神的追求。也就是说创作者在创作中不仅要表现客观现实的美，还要讲求中国文化中那种虚灵、澄澈的诗意的审美理想，更高一级的话，还要有哲学的意味，体现天人合一的宇宙观。一句话，中国画讲究的是气韵、格调，是要创造一种超自然的精神氛围，因而它比单纯的造型艺术多了形而上的精神追求和文化内涵。应该说，这是中国式的审美理想，还有宇宙观的延伸。所以画家石鲁曾感慨："画山就是画人，画人格，画精神，画自己。"我想，陈传席所说的"古意"，或许缘于此吧。

道理虽然如此，但中国画中的"古意"究竟如何表现，换个角度来说，该如何理解呢？

兰堂偶记

下午翻捡、整理旧日的读书笔记,偶然看到早年曾记录的一段文字,恰好与上午所想的问题同工异曲。

宫双华《留得残荷听雨声》

壹·不著一字 尽得风流

以研究诗词著名的旅居加拿大的叶嘉莹,曾在社科院文学所讲座诗词。她在讲座中以唐中主李璟的词《山花子》为例,从文本的潜能与读者的诠释,畅谈了令词的美感特质。

《山花子》开头的两句"菡萏香销翠叶残,西风愁起绿波间",是喜欢古诗词的人耳熟能详的句子,却很少有人追究里面的遣词造句。"菡萏"是"荷花"的别称,今天一般的读者如果不看注解的话,是很难知道它真实的含义的,就是旧时的识字人也不见得人人都懂。而作者为什么放弃通俗易懂的词而选用这么生僻的词呢?

如果为了读者阅读的方便,我们不妨试一下,将"菡萏香销翠叶残"改为"荷花凋零荷叶残",阅读起来没有了障碍,但读词时的感觉却随着词句的改变而起了变化。叶嘉莹说,这样一改就会失去原句所包含的那种丰富的"潜能",也就是艺术品本身所包含的丰富的意象。

为什么呢?

"菡萏"一词出自辞书之祖《尔雅》。《尔雅》是中国的第一部词典,距今至少二千年了,就是距离中主李璟那个时代也有千年,它收录的词,够古老;而且《尔雅》收集的都是近乎规范的雅言,本身就与现实的日常用语有着一定的美感距离。叶嘉莹说,因此有了一分古雅,也更加的珍贵,格调自然出俗。"香"是芬芳的香气,"翠"不只是绿的颜色,还能让人联想到美且珍贵的翠玉。这么多珍贵的、美好的意象,"销"了、"残"了,消失了、残破了,使人感受到的是极端的残酷,所以王国维读罢就有了"众芳芜秽,美人迟暮"的感慨,所以叶嘉莹认

倪云林《江岸望秋图》

为"荷花凋零荷叶残",虽然通俗易懂,但是无论如何也不能给人这种强烈的感受的。

"距离"产生美,是人人都明白的道理,但用于诗词、绘画创作也一样产生意想不到的美感,却是许多创作者追求一生或许也不明白的道理。

中国画中的"古意",是因为它重"意境",它所追寻的意象和美感是超现实的,与我们现实的日常生活有着一定的审美距离,有着一种现实生活的喧嚣躁动、急功近利遥不可及的静寂、旷远与超尘,所以古意盎然,珍贵且格调出俗,也因此有着丰富的意象和再创作的空间,令欣赏者可以尽情地驰骋自己的想象,也能给欣赏者以安宁、超然的感觉,而不仅仅只是享受它的客观美所带来的感观享受。

中国画与西洋画最大的区别不是焦点透视或散点透视,而是中国画中有"我"的存在,有精神上的追求和寄托,创作的过程就是作者在与自己对话,如同一次心灵的散步。美国现代评论家巴巴拉·露兹认为:现代艺术模拟主观。而中国画肇始就是在客观之上表现作者自己,特别是自从宋代的文人染指绘画以后,中国画便有了一种特别的追求——文人气。文人们将自己追求的诗意的精神需求融入笔墨之中,重意趣自然,追寻高古清幽、离尘绝俗,表达人与自然和谐共处、天人合一的愿望。所以说,中国画的精神是中国人文精神的延伸,强调文人诗意的情怀,强调高古的气韵格调。无论画山水、人物,还是花鸟,画中可以无人影,但"境"中一定有一个人,就像中国人论诗"不著一字,尽得风流"。所以,石鲁会有"画山就是画人,画人格,画精神,画自己"的说法。

随着20世纪初的新文化运动,国门打开,西洋画随着欧风美雨,进入中国。面对写实逼真的西洋画,许多人惊讶不已,西洋画里那铜制的泛着金属光泽的纽扣,那细密逼真的发丝,那如同真人一般,好像还有着温度的人,似乎让重神不重形的中国画相形见绌,中国画好像成了明日黄花,许多有见识的文化人,此时也像是被洗了脑,反对写意,要改良中国画。但是智慧者如黄宾虹、陈师曾者,始终知道水墨意韵的、带有写意精神的中国画是谁也取代不了的,陈师曾的一篇《文人画的价值》,讲的就是这个道理。

当代中国画坛同样深受西方美术的影响,有些人借鉴,有些人照抄,为的是追求自己独特的审美价值,纷纷使出浑身解数,想的就是与众不同。追求独特是再正常不过的艺术行为,有价

范宽《雪山萧寺图》

值的、有生命力的艺术都是独特的,能够青史留名的艺术家都是独特的。遗憾的是,他们中的许多人舍弃滋养自己的本土文化,试图丢掉自己身上的文化基因,不再关心中国画的文化内涵,不再关心中国文化赋予艺术的那种诗意的精神追求,放弃自己主观精神的追求,过分强化和追逐外在的表现形式,甚至有些人剑走偏锋,以哗众取宠为能事。借鉴是手段,不是目的,不是丢了芝麻捡西瓜那么简单,一方水土养一方人,生硬地照搬照抄会水土不服的,或许最终忘记了自己是从哪里来,也弄不清自己要到哪里去。更何况西方现代的艺术追求的主观性不正是中国艺术的传统吗?

写到此,想起了朱乃正先生曾在2009年中国美术馆"悟象·化境——传统思维的当代艺术"油画展的序言中的一段话,他说:"策展人在译成英文的艰难过程中,切身体会到,若用西方古典哲学观念的语言,就无法理解和准确表达我们的语言之奥义,而译成对应的英文。然而使用西方现代哲学的观念,则尚能译出。殊不知，其来源恰是我们古已有之的中国哲学，只是被西方近现代学者巧妙地借取之后，一反弟子之态而俨然成'师'。若我们一味盲目借鉴西方，误认为其为先行者，急于与西方（国际）接轨，不啻是身甘称臣而只能随其影尾，导致我们自离优厚的文化传统，又自废安身立命的精神家园，实在是令人痛心疾首的本末倒置。"

如果真的像朱乃正先生所言，急于与西方接轨，自离优厚的文化传统，自废安身立命的精神家园，我们又何以安身立命呢？

"悟以往之未悟，实迷途其未远"是朱乃正先生序言的结束语，这套用前贤陶渊明名言的结束语，也正可为今日所感做个注解。

原刊于《集邮报》2014 年 3 月 12 日

最是那天真烂漫

——我看书法

研究美学的专家宗白华说中国书法是节奏化了的自然,是表达对生命的体验。私心以为许多人看到这句话或许会不以为然,尤其是那些根本没有染指过笔墨的人,就是那些天天执笔临池的人也未必体会得到,而那些喜爱草书且时时挥洒的人或许会知道个中的感受。当然,我不是说书法中其他的书体就不能表达对生命的体验,只是草书飞扬的点画、律动的线条更能让人体味那种生命中、自然中的张力、节奏,还有情感。

作为古老的艺术,书法可以说是一身兼具文化,还有艺术的双重品性,是文化中的艺术,是艺术中的文化。所以说,既不能单纯地用艺术的概念来图解书法,也不能简单地以文化的要求来衡量书法。

二千多年的中国书法史,也可以说是书法的风格史。无论世事沧海桑田,人们对书法本质的追求却始终没有改变;无论书法家身处什么时代,宗派如何,无一不深入传统而求新求变,表现自己，成就个性，这就是个性风格在书法家心中的位置，可以说是终极理想。

但无论审美理想，还是艺术风格，作为中国书法，是要有深厚的学问素养作底子的，它的审美价值判断不仅仅来自艺术层面，更有文化的内涵，这也是它有别于其他艺术的地方。中国书论中有"书如其人"之说，文论中有"文如其人"之说，中国的文化艺术更看重精神层面，可以说，"如其人"三个字道破了艺术家的精神世界与表现形式之间的关系。

一直崇尚自然、质朴、简洁、自由、阳光，还有澄明，所以，在我看来真正好的书法作品，首先是能打动人，表现的是真性情，像流水一样自然和谐，天真烂漫，而不是扭捏作态，无病呻吟。其次才是点画的趣味性，还有质感，最后才是对整体风格的把握。总而言之，一句话，书法是创作者用一种有意味的形式对美进行的阐释。

30多年的水墨生活，我一直追索这样的审美理想。回头望望来时的路，好像很远，又好像很近，远的是一晃30多个秋冬春夏，近的是我一直在做着一件事，日子好像过得很慢，很慢，慢得感觉离目的地依然还是那么遥远。

王文英《李白〈渡荆门送别〉》▶

有人说书法是修行,但又何尝不是放生呢。在书法中,能够感受到生命的律动,自然的节拍,没有俗世的杂念,纯粹,岁月静好。

在书法的篆、隶、草、楷、行书五体当中,我最偏爱草书。虽然楷书、隶书、行书、篆书我也没少费心思,还有笔墨。但大开大合,行云流水,静若处子,动若脱兔的草书,更让我觉得离自己的心性很近。因为草书最是自由奔放、天真烂漫,又最是抒情写意。在尽情地挥洒中,在抑扬顿挫的线条里,我找到了释放自己最好的方式。

宗白华说:"行草艺术纯系一片神机,无法而有法,全在于下笔时的点画自如,一点一拂皆有情趣,从头至尾,一气呵成,如天马行空,游行自在。"草书是书法的最高境界,最具表现力,就像唐代文学家韩愈笔下记录的好友草书大家张旭,兴奋、思慕、抑郁、愤怒,或者悲伤、不平,全由笔下狂放奔突的点画来化解。

当然,草书的表现力绝不等于任性的挥洒,而是取决于创

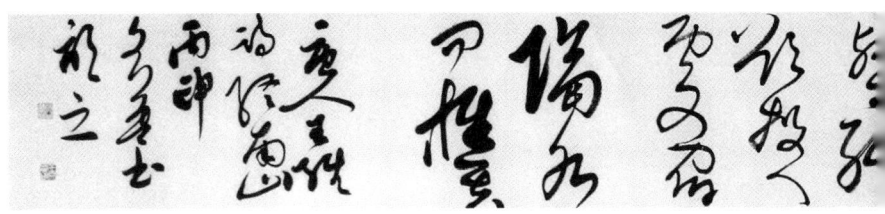

王文英《王维〈终南山〉》

作者对于笔墨的驾驭能力，没有深厚的笔墨技巧，是不能自如地完成对草书的阐发的。这也是历代书论家津津乐道于张旭狂草背后那精妙的楷书功力的原因。所以宗白华说草书是"无法而有法"。

有笔墨陪伴的岁月，真好，虽然我不知道自己还要走多久，走多长的路才能到达理想的彼岸，或许今生我只在途中，达到与否或许都不重要，重要的是我有笔墨，有草书陪伴的日子，能够时时聆听笔墨深处那天真烂漫的韵律。

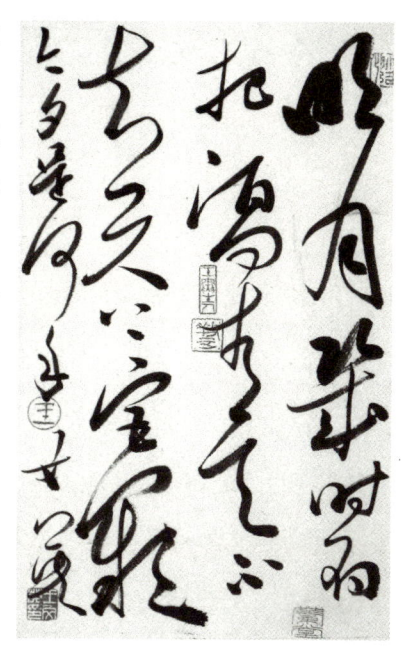

王文英《东坡词句〈明月几时有〉》

原刊于《中国艺术报》2016年3月16日

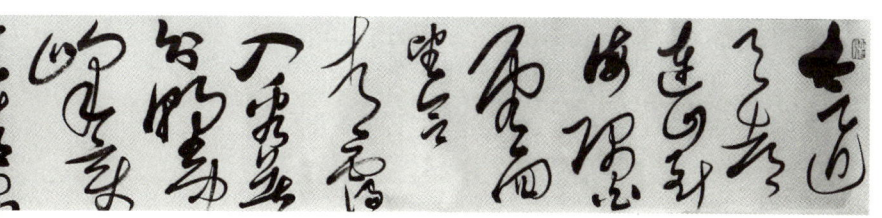

书法怎么了

没想到在2015年就要成为过去时时,书法成了众人关注的一个热点,也着实让爱热闹的人们娱乐了一把。一个书法家协会的换届大会,五年一次,很平常的一件事,和其他的社会团体、协会没有什么两样,却成了公共事件,惹得圈里圈外,这么多的人说来道去。

有这么多人关注书法,说明书法离百姓的生活的确不远,应该说是件好事。

按理说书法家协会换届这种事,只有少数人关心才对,现而今却演化成了似乎人人关心,人人都有资格评说,好像书法这个古老的艺术还很年轻,年轻到人人都没有距离感。这么热热闹闹,当然还是要归功于自媒体的盛行。不知道当年书法申遗的主张者和拥趸者,可想到今天这个爆表的关注度。

书法从20世纪80年代复兴以来的30多年来,似乎有点文化的人对书法都变得不陌生,都可以凭借朴素的认识说上几句,书法也早已不是象牙塔里那个只有文人士大夫喜欢的阳春白雪。

书法真的传承了,普及了?

虽然我以前对书法申遗,还有那么点儿看法,总以为书法从事者这么多,据说全国有一百多所高等院校设置了书法的相关专业,从本科,到硕士、博士一应俱全,各类官办、民办的培训机构,各种组织举办的比赛、展览、活动不说多如牛毛,也差不到哪儿去,怎么还会有失传的危险,还需要特别的保护和传承。直到今天,我才觉得书法申遗这事真的是英明,申得好,申得及时。那些见到墨迹,见到毛笔写的字就说是书法的人,我想弱弱地问一句:你真的懂得书法是什么,什么是书法吗?

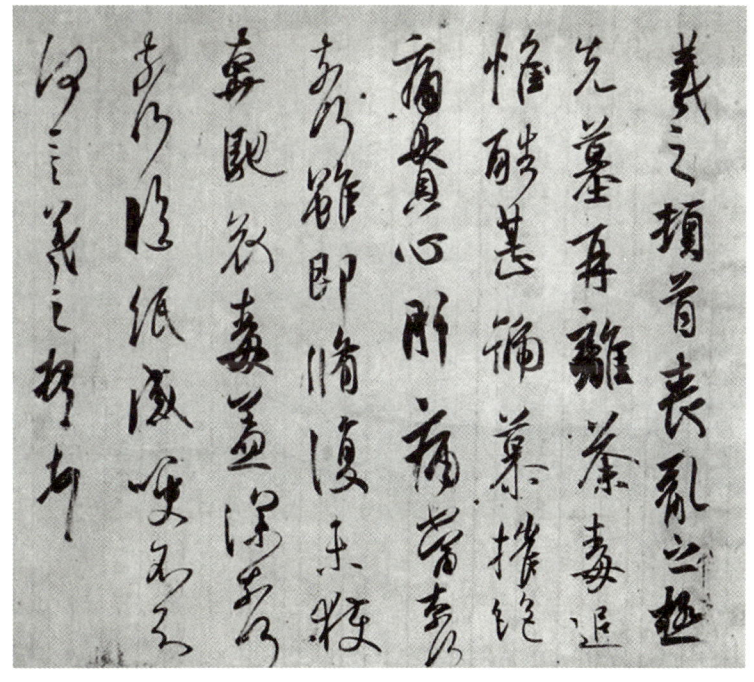

王羲之《丧乱帖》

我曾经给一群学习书法的人讲授简单的书法史,还有书法风格的演变,他们个个惊诧莫名,直言:听不懂。听不懂!真不知道他们是怎么学习书法的,如果只是为了把方块汉字写得间架结构端正漂亮,大可不必如此的劳心费力,大费周章地研墨临帖,直接拿个签字笔就着田字格对着标准练习就OK了。据说教他们的老师也是个腕儿,只是不知道他是如何教学生的。

书法这么热,为何不解我心中的忧虑。这可以说是一个伴随着书法复兴,见证它30多个春夏秋冬变化发展的书法人摆脱不掉的"职业病",也可以说是矫情吧。

有那么多人喜欢书法,应该是件高兴的事,而我看见的却是它日益被庸俗化、简单化,不要说广大的书法欣赏者,就是更多的涉猎书法的爱好者,眼中只看到颜、柳、欧、赵这样方正的楷书,殊不知书法除了楷书,还有篆、隶、行、草,就是楷书除了唐楷,还有魏晋南北朝的楷书等等;除了帖学、碑学,还有风格说;除了书法的经典之外,还有许多鲜活的,趣味横生的民间书法;除了笔墨技巧之外,书法更注重的是它的文化内涵和品格。二千多年的书法

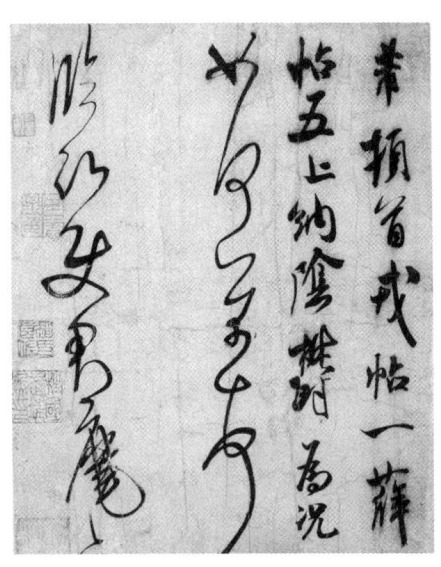

米芾《窦先生帖》

史,也是风格演变史,有多少风格鲜明,审美独特的书法家,还有书法作品,说是灿若星河,一点都不为过。

十多年前我曾撰文提出要警惕创作者与欣赏者之间审美落差的不断加大,时至今日,落差依然。冷眼吵吵许多年的"丑书"之争,因为自媒体的当道,从圈内扩散到圈外,依然是各说各话。书法讲究的是气韵、格调,前人以神、妙、能这样诗意的字眼,来品评书法家及书法作品,何以发展到今天就成了美、丑这么简单对立的评判。黑白之间最广阔,最丰富的地带是灰色,意象丰富,内涵深广的书法何以能用简单的两分法?

常常地想,现在资讯这么发达,是好事,还是坏事?一方有事,四方皆知;谁干了什么出格的事,地球人立马都知道了。养生、心灵鸡汤、八卦新闻,文化艺术、政治、经济、金融,国内的、国外的,世界真的就成了个小小的地球村。不知道每天扒拉着手机的人心慌不慌,反正我真的有些心慌。这么多真假难辨的新闻、海量的无法辨别的各类知识,七七八八的心灵鸡汤,真的让我难以招架,心就那么浮着,时光却悄然地从指尖划过,毫不留情,无所不能的手机就像岁月神偷,我内心向往的东西却无暇顾及,尤其是像书法这样饱含文化内涵的艺术,不是点滴的时间就能够学习掌握的。更何况那么多的观点、批评、展览、资讯对书法爱好者来说云里雾里,就是书法人也难以消化这么多的消息,更何况极容易扰乱了心志。当然,自媒体的盛行,也令人不得不自律,不得不严谨,尤其是公众人物,书法家也不例外,于此来说,也是件好事。

套用当下一首很火的诗,不管你爱书法还是不爱书法,书法

兰堂偶记

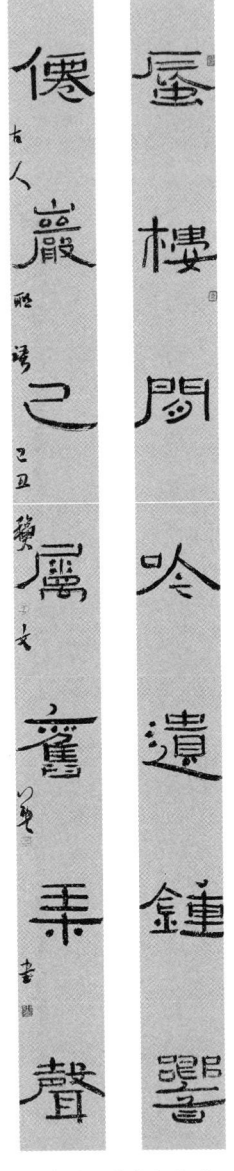

王文英《隶书七言联》

就在那里；不管你是继承还是创新，书法还是那个书法。无论传承还是领异标新二月花，或者另起炉灶，书法始终还是那个书法，它不可能丢弃了汉字，还有可读性。毕竟一个生命延续了二千多年的艺术，不是那么容易就改了容颜，旧瓶装了新酒。

我想，作为书法人，重要的是要沉下心来，读书写字，耕耘砚田，外面的世界再大、再精彩，那也是别人的故事。特别是今天的我们背负着曾经的辉煌，也背负着曾经的文化断裂，面对古老而独立于世界的书法艺术，我们的责任还真的不小。或许，书法艺术在今天传承比创新更重要，当然，作为今人创新更是给古老的艺术注入新的生命力的壮举。

写到此，想起这个岁尾，书坛的另一件引人注目的事件，刚刚卸任中国书法家协会副主席的晏园先生举办的为期一个月的"向经典致敬"的书法展，令许多自认为是书法家的人好好地思忖了一番。对了，在这个书法展上还有书法史上不同阶段，不同风格的经典楷书的全呈现。

原刊于《中国文化报》2016年1月25日

张旭的狂草世界

张旭是中国书法史上浪漫主义的代表书家。他的草书纵横恣肆,狂放无迹,如行云流水,又似天马行空,游行自在,一片神机,将书法艺术的表现力张扬到了极致。《新唐书》中说:"后人论书,欧(阳询)、虞(世南)、褚(遂良)、陆(柬之)皆有异论,至张旭,无非短者。""文宗时,诏以白(李白)歌诗、裴旻舞剑、张旭草书为'三绝'。"由此可见,张旭在唐代艺术史上的地位。

张旭,字伯高,一字季明,生卒年不详,大约生活在公元八世纪,吴郡(今江苏苏州)人。官至金吾长史,一说率府长史,所以人称"张长史"。宋人朱长文《续书谱》记载:"(张旭)卓而(尔)不群,所与遊者,皆一时豪杰。"他姿性颠逸,狂放不羁,好酒,与李白、贺知章等有"饮中八仙"的名号,又常常酒醉之后,用头发沾墨而书,痴醉如狂,所以人送雅号"张颠"。

张旭以草书著称,又是长于诗文的文学家,为人熟谙的《桃花溪》,就是他七绝中的名篇:

> 隐隐飞桥隔野烟,
> 石矶西畔问渔船。
> 桃花尽日随流水,
> 洞在清溪何处边。

意境清寂幽远,可惜诗名被书名所掩。

唐代书法盛极一时,不仅因为统治者的喜爱,专立书学,书法成为铨选士人的重要标准之一,客观上推动了唐代书法的发展;而且还因为唐代是一个蓬勃向上的时代,追求"昂扬奋发,雄武健美,矫健奔放,雍容华贵"(《中国美学思想史》敏泽著)的美学理想,处处体现着批判、革新和创造的精神。楷法的完备,草书的发展,使唐代书法成为书法史上,继魏晋之后,又一个发展的高峰。

张旭的草书艺术正是这个雄浑壮阔的时代在书法上的体现,表现了盛唐豪放昂扬的美学精神。他继承汉、魏晋,还有初唐的书法,别开新风貌,升华了书法艺术的表现力。他的草书"变动犹鬼神,不可端倪,以此终其身而名后世"。(韩愈《送高闲上人序》)他的行楷书端庄娴雅,黄庭坚认为唐人楷书没有能出其右者。宋《宣和书谱》中也说:"其名本以颠草,而至于小楷行书又复不减草书之妙。"朱长文《续书谱》将张旭书法列为"神品"。

草书,分为章草和今草。章草自汉代形成,经历魏晋南北朝到唐代日渐衰微。今草相传由东汉张芝整理变革章草而成,开始从实用性向艺术性转化,张芝也因此被后世尊奉为了"草圣"。从东晋的王羲之、王献之父子到唐代，今草已成为草书艺术的主要形式，达到了高峰，出现了张旭、怀素这样杰出的草书大家。

张旭的草书艺术继承王羲之、王献之父子，上溯汉张芝而有新的创造和发展，丰富了笔法，还有表现力。今草至张旭脱离实用性而成为纯粹的艺术形式。

张旭的草书奔放洒脱，一如他癫狂豪放的个性，纵笔如兔起鹘落，有"急雨旋风"之势，一气呵成，被称为"狂草"，在世时就有众多的拥趸者。吕总《续书评》中称赞："张旭草书，立性颠（癫）逸，超绝古今"。蔡希综《法书论》中说："卓然孤立，声被寰中，意象之奇，不能全其古制……雄逸气象，是为天纵。又乘兴之后，方肆其笔，或施于壁，或札于屏，则群象自形，有若飞动，议者以为张公亦小王（王献之）之再出也。"在宋人苏东坡的眼中，"长史草书，颓然天放，略有点画处而意态自足，号称神逸"。（《东坡题跋》）张旭草书虽然放逸天纵，却不失法度，所以宋《宣和书谱》中说："其草字虽奇怪百出，而其源流无一点书不该规矩者，"所以猜测"或谓张颠不颠者是也"。张旭的癫逸，是胸无凝滞的表现，所以他的草书才有天纵之象和感人之处。

艺术来源于生活。就艺术与自然的关系，美国现代评论家巴巴拉·露兹认为，"柏拉图主张艺术模拟客观（自然）"，"现代艺术模拟主观"。而我以为张旭的草书既模拟了客观，又模拟了主观，超越了古今。

模拟自然的艺术形式，人常以为局限于以客观物象、意象为描摹对象的艺术,或文学,或绘画。而以抽象线条为表现对象的中国书法,何以描摹自然?

中国书法表现的对象——汉字,来源于客观世界,属于象形文字,虽然在以后的演变和发展中渐失象形成分,趋于抽象,但却无法割断曾与自然的血脉关系。

书法史上记载的能够从客观世界汲取养分的书法家,或许唯有张旭最为典型了。韩愈《送高闲上人序》中说:"(张旭)观

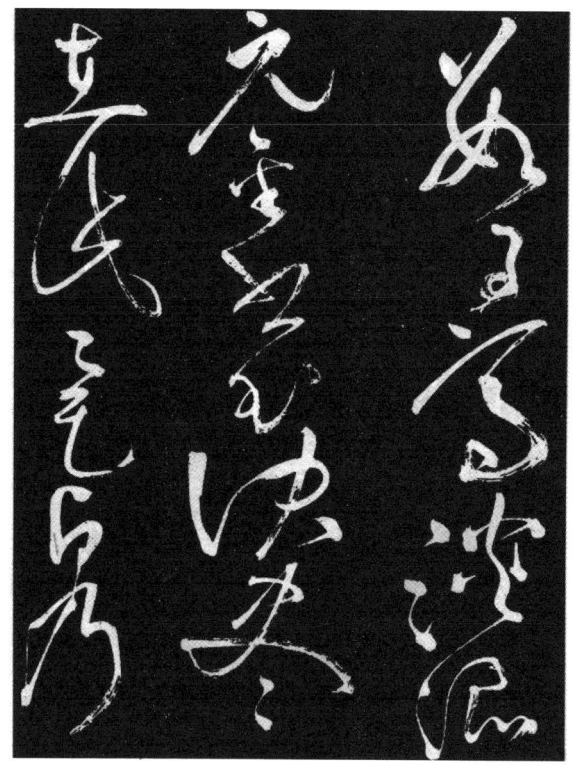

张旭草书

于物,见山水崖谷,鸟兽虫鱼,草木之花实,日月列星,风雨水火,雷霆霹雳,歌舞战斗,天地事物之变,可喜可愕,一寓于书"。《新唐书》记载了这样有趣的故事:"旭自言,始见公主担夫争道,又闻鼓吹,而得笔法意;观倡(歌舞艺人)公孙舞剑器,得其神。"由此可见,张旭的书法远取诸物而近取诸身,所以才能物象丰富,正所谓"书之功夫,更在书外"。

"模拟主观",是张旭草书艺术最为感人之处。他"喜怒、窘穷、忧悲、愉佚、怨恨、思慕、酣醉、无聊、不平,有动于心,必于草书焉发之。"(《送高闲上人序》韩愈)

作者情动于中而发于外,将激越的情感倾泻于笔下的草书中,随着情感的波动笔走龙蛇,字字飞动,如跳动的音符,汇成一首首昂扬、奔放的旋律,如泣如诉。就连他创作时的情态也魅力四射,极富蛊惑性,有行为艺术的味道,却绝胜今日的行为艺术。杜甫在《饮中八仙歌》中以诗的语言,形象生动地记录了这位浪漫而激情狂放的草书家:"张旭三杯草圣传,脱帽露顶王公前,挥毫落纸如云烟"。《新唐书》也有类似生动的记载:"(张旭)嗜酒,每大醉,呼叫狂走,乃下笔,或以头濡墨而书,既醒自视,以为神,不可复得也。"

这个本性癫狂的草书家,在酒的助力下,愈加的狂放不羁,挥笔如流星,有时竟以发为笔沾墨而书,任情姿性,落纸满云烟。酒醒之后,连他自己也惊叹这作品非人力所为,不可复得。正所谓情移——时过境迁,模拟的主观发生变化,表现自然不可再得:"情感"不可复有,所以相同的创作效果也不可复得。

张旭赋予书法艺术以丰富的表现力,虽"变动犹鬼神,不可端倪",但欣赏者从中却能真切地感受到飞舞的线条律动之中的那种张力,那种勃然的生命力,感受到作者激涌于胸的情感变化。有人说抽象的艺术更具哲学意味,或可称之为哲学艺术,而我以为张旭赋予草书艺术以哲学和表现的双重意义。我想,这也正是中国书法艺术的高妙之处。

每一个成功的艺术家,他的创作实践无不凝结着自己的艺术思想和理论思考,张旭也不例外。

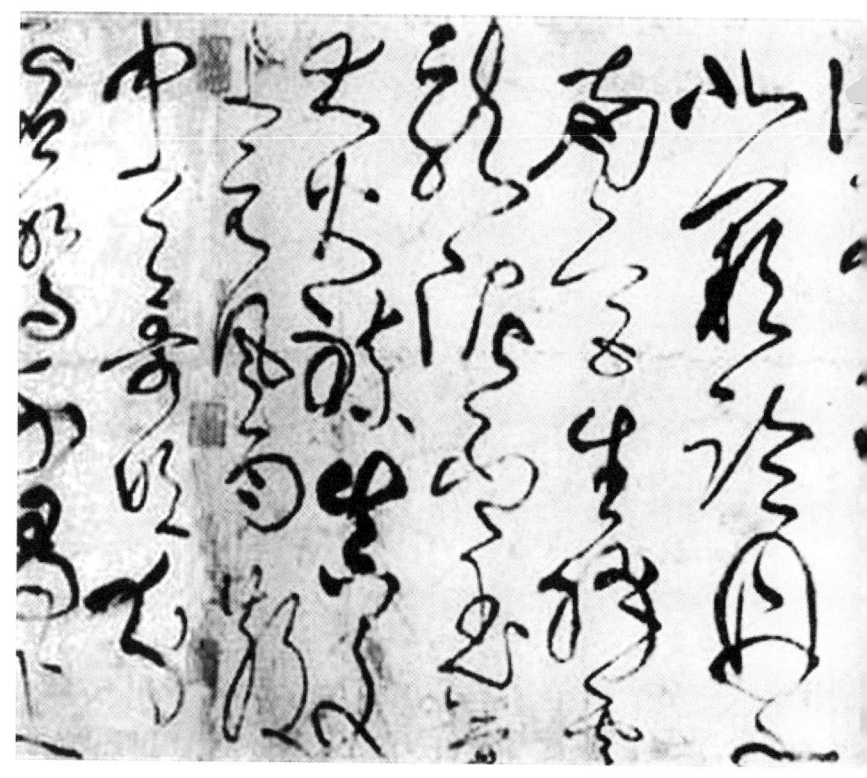

张旭《古诗四帖》(局部)

壹·张旭的狂草世界

《述张长史笔法十二意》是张旭长期艺术实践的结晶，由他的学生颜真卿记录并流传下来。此文以问答的形式，详述了张旭所传授的笔法十二意，还记述了颜真卿请教张旭传授笔法的过程。笔法十二意，是张旭从自身的艺术实践出发，阐发南朝梁武帝的《观钟繇书法十二意》，然每一意都凝结着自己的认知、思考，还有实践。虽然书法的笔法远不止这十二意，但张旭对钟繇笔法十二意的研究和阐发，不仅丰富了书法的表现力

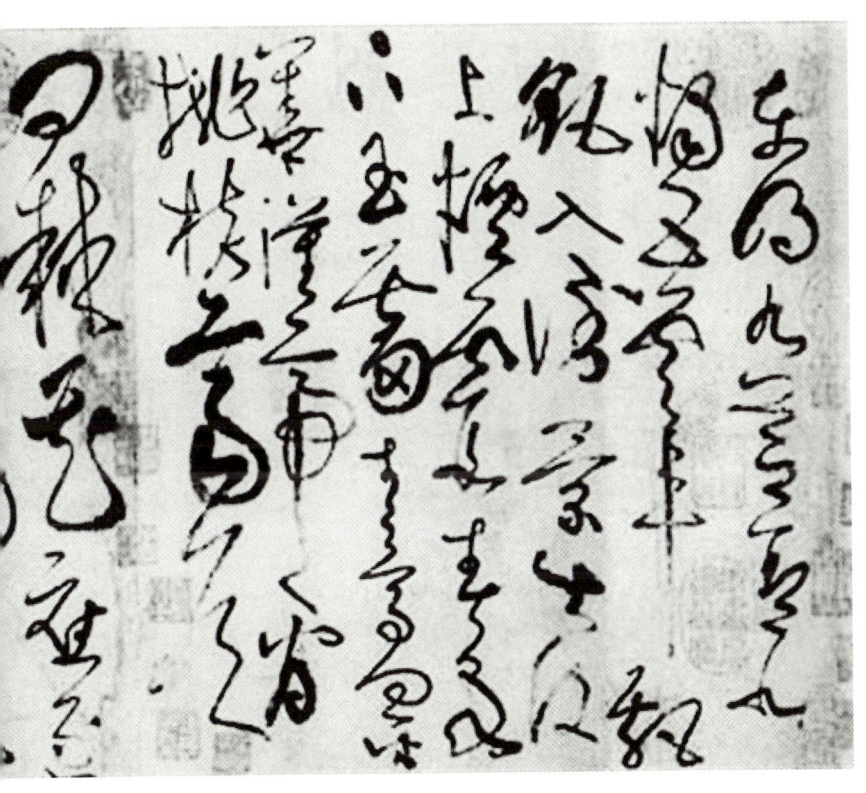

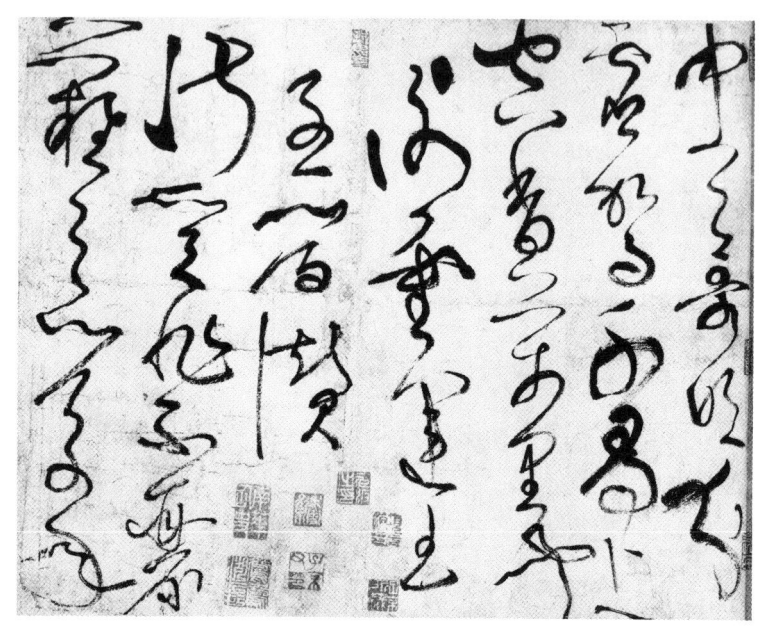

张旭《古诗四帖》局部

和感染力,也为后世书家由此及彼,触类旁通,奠定了基础。

墨迹纸本的草书《古诗四帖》,因为无款,所以是不是张旭的作品,历来有争议。明代的董其昌认为是出自张旭之手,而记录清内府所藏历代书画藏品的《石渠宝笈初编》则认为是赝品。但后世书家,一般都将它归于张旭的名下。

《古诗四帖》五色彩笺,40行,共188个字。是张旭唯一流传下来的墨迹。内容为古诗四首,前两首为梁朝庾信的《道士步虚词》,后两首是谢灵运的《王子晋赞》《衡山岩下见一老翁四五少年赞》。但凡有名的书画作品,在流传过程中,有见识的藏家一般都会在上面留下自己的鉴赏文字。明丰道生在他的跋语中说:"行笔如从空掷下,俊逸流畅,焕乎天光,若非人力所为。"董其昌也记录下自己的见解:"有悬崖坠石,急雨旋风之势。"

遗憾的是,今天我们所能见到的张旭草书除此诗帖外,仅有刻本《肚痛帖》等几种,不能窥其全貌,对他的认识和感受,也多来自典籍或者书家、文论家及文学家的评述,从而在心中勾勒出这个伟大的浪漫主义的草书家。我想,他的狂草世界,不仅仅是《古诗四帖》,而应有更为纵横恣肆,出神入化,妙不可言的杰作,有更为广阔的美学意象。

《古诗四帖》纵逸奔放,笔画连绵,意象丰富,的确如苏轼所说的"颓然天放,略有点画处而意态自足,号称神逸。"但我以为它尚有白璧微瑕之憾,前段初起,稍显茂密,拘谨有余,宽博不够,缺少空间感。当然,瑕不掩瑜,或许正因为如此,而就全篇来讲更富于跌宕之美,更尽变化之能事。

自"齐侯问棘花"开始,气势宏阔,逸势奇状。至"既见浮丘公,与尔共纷翻。岩下一老公,四五少年赞"一段,空间构成巧妙,错落有致,顾盼生姿,精彩纷呈,令人如行山阴道中,目不暇接。而"衡山采药人……其人必贤哲"一段,则一气呵成,酣畅淋漓,连绵不绝,起伏跌宕,又点画自如,真正的"变动犹鬼神"。

《古诗四帖》一点一拂皆有情趣,可以说体现了中国书法节奏化了的自然,表达了对生命的体验,点画狼藉中又体现了中国书法的空间意识——章法布局,真不愧为典范之作。

张旭的书法在当世影响很大,片纸只字都是人们争抢的对象。颜真卿、怀素等人的书法皆从其来。怀素草书直接受张旭影响,以狂继癫,成为一代草书宗师。所以宋黄庭坚说:"此两人者,一代草书之冠冕也",有"颠张狂素"之称。

张旭传世作品很少,草书除墨迹《古书四帖》外,大多是刻帖,数量也不多。

原刊于《青少年书法报》2007年11月13日

2015年3月修改

天下第二行书

说到书法，恐怕很少有人不知道"颜、柳、欧、赵"的，说到"颜、柳、欧、赵"，很少有人不知道颜真卿的。苏东坡在《书吴道子画后》中说：诗至于杜子美，文至于韩退之，书至颜鲁公，画至吴道子，而古今之变，天下之能事毕矣。"（《东坡前集》）

颜真卿生活的唐代，书法艺术同其他文化艺术一样进入了鼎盛时期，草书得到空前的发展，楷书的发展达到了极致，成为后世楷书的典范。颜真卿的书法最为人熟悉的莫过于他那遒劲圆润、端庄雄强的"颜体"楷书。殊不知颜氏的行草书并不亚于"颜体"楷书的成就和名望，其中的代表作《祭侄文稿》，还被元代书法家鲜于枢列为"天下第二行书"，仅在王羲之《兰亭序》之后。

《祭侄文稿》洋洋洒洒，一泻千里，情真意切，笔酣墨畅，激越之情常令人击节，它在书法史上的美学价值远远超越了文本。其实，无论《兰亭序》，还是《祭侄文稿》，都是以情挥写的性灵之作，是书法史上内容与形式完美和谐的典范，只是它们书写的时代不同、审美的风格不同而已,并不能简单地以伯仲论之。

颜真卿(709—785),字清臣,琅邪临沂(今山东临沂)人。曾任平原太守,人称"颜平原";官至吏部尚书、太子太师,封鲁郡开国公,后人尊称为颜鲁公;赠司徒,谥文忠。

颜真卿一生经历了玄、肃、代、德宗四代王朝,《旧唐书》中记载,(他)"出入四朝,坚贞一致",是德高望重的忠义老臣。因为得罪了德宗的宰相卢杞,遭到陷害,被派到叛将李希烈那里去劝降,却不幸身陷囹圄,最终被叛军杀害。

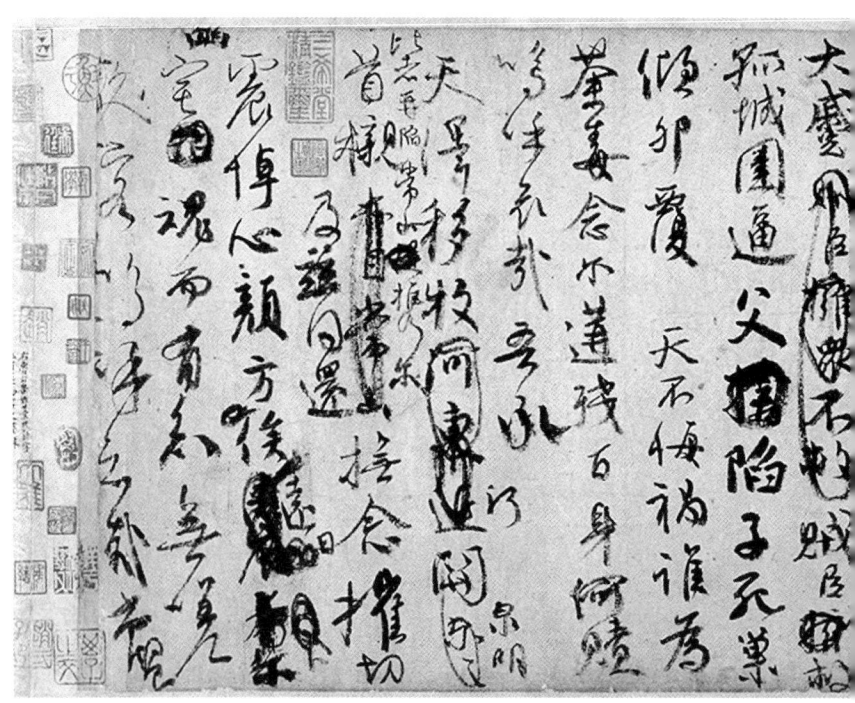

颜真卿《祭侄文稿》

唐朝是公认的中国历史上最强盛的朝代之一，是继汉代之后中国封建社会的又一个发展高峰，先后有贞观之治和开元盛世，国家统一，社会安定，国力强盛，以至于今日海外华人还被称为"唐人"，华人聚居处也称为"唐人街"。

颜真卿生于玄宗朝的"开元盛世"，是唐朝最为鼎盛的时期，首都长安城是当时世界上最大的城市。敏泽在《中国美学思想史》中说，唐朝是一个奋发的时代，有着博大的胸怀，高涨昂扬的进取和创造精神，盛唐的这种精神和氛围，铸造着崭新的美学理想：昂扬奋发，雄武健美，矫健奔放，雍容华贵。

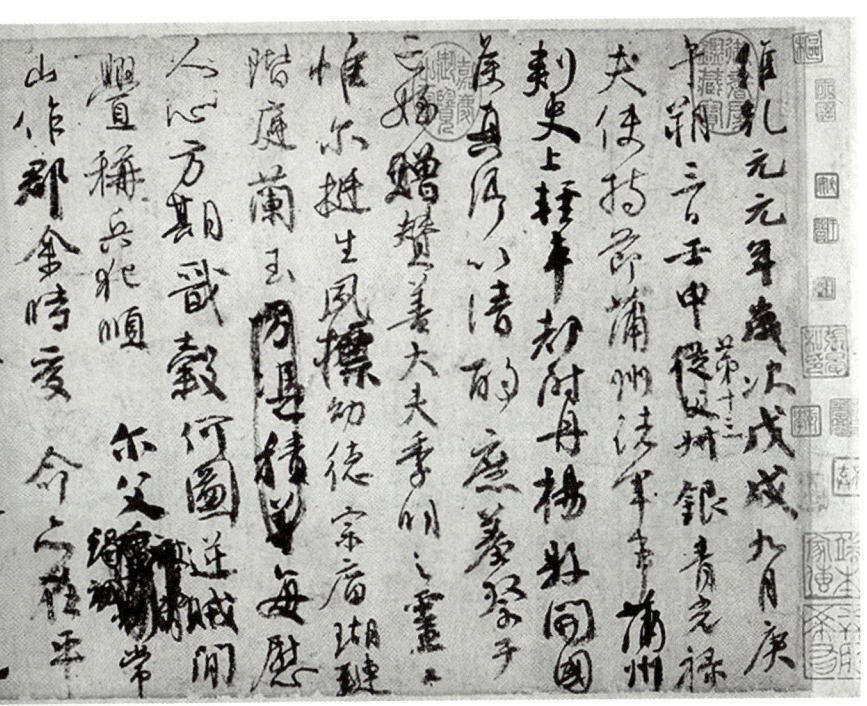

艺术和文化无不表现着这个最富有时代精神的美学理想，包括书法艺术在内的各艺术门类都出现了"盛唐气象"。

颜真卿生活在这样的时代，可以说是生逢其时，他不仅身受盛唐气象和昂扬向上的时代精神的熏染，而且身处书法艺术繁荣发展的时期。年幼的他就受家学影响学习书法，后来又得到草书大家张旭的亲授。他的成功之处是将盛唐的时代精神和美学理想熔铸于自己的书法之中，在钟繇、张芝、王羲之以来俊逸儒雅书风之外又开创了雄强壮美的审美风尚。他的书法上承魏晋传统，并吸收当代书法艺术成就，又借鉴南北朝以来的民间书法，体现了大唐的时代精神和审美理想。

《祭侄文稿》，又称《祭侄赠赞善大夫季明文》。麻纸墨迹本。现藏台北故宫博物院。《祭侄文稿》与《争坐位稿》《祭伯父文稿》合称颜氏三稿，曾收入宋、明、清历代刻本中。

唐天宝十四年，安禄山谋反，当时任平原太守的颜真卿联络他的从兄常山太守颜杲卿起兵讨伐叛军。第二年的正月，叛军史思明攻陷常山，颜杲卿及他的小儿子季明被捕，先后遇害，连同颜氏一门 30 余人惨遭杀害。

《祭侄文稿》就是颜真卿为追悼牺牲的侄子季明所作的祭文草稿。

可以想见，作者是在怎样的情绪下起草这篇祭文的。他悲愤交加，情不能自已，所以通篇笔墨淋漓，自然流畅，气韵连贯，点画遒劲。其中虽有涂抹痕迹，章法却因此而生意外之美，不乏自然生动之趣，成了篇章中不可或缺的组成部分，以至后人摹写此篇，也常常保留这些涂抹之处。

作者奋笔疾书，悲愤与哀思汇于笔底毫端，笔飞墨舞间全无笔墨营造之意，但生花妙笔却似有神助。情感的起伏跌宕化作笔下或粗或细或浓或淡的线条，犹如一个个律动的生命音符，汇集成章，宛若一首悲怆的交响乐。宋人陈铎曾详细地分析了《祭侄文稿》的书写过程，总结为八个字："以情著文，以情挥写"。文字的流程记录着作者情感的起伏波动，点画的抑扬顿挫也同样记录着作者情感心绪的起伏变化。

元张晏在题《祭侄文稿》跋文中说："（颜真卿）告不如书简。书简不如起草。盖以告是官作，虽端楷终为绳约。书简出于一时之意兴，则颇能放纵矣。而起草又出于无心，是其心手两忘。真妙见于此也。"宋人陈深也认为："《祭侄季明文稿》纵笔浩放，一泻千里；时出遒劲，杂以流丽：或若篆籀，或若镌刻，其妙解处，殆若天造岂非当时注思为文，而于字画无意于工，而反极工耶？""心手两忘"，"无意于工，而反极工"，道明了书法艺术创作的规律——无意于佳乃佳，不求工而自工。当艺术修养达到一定高度时，书法创作并不都是"胸有成竹""意在笔先"。"书初无意于佳乃佳"，正所谓无法有法，无为而为。其中的玄机正如郑板桥所说："意在笔先者，定则也；趣在法外者，化机也。"（《郑板桥画竹》）

一件书法作品能为历代书家、评论者喜爱而没有异议，这在书法史上并不多见，颜真卿的《祭侄文稿》就是其中之一。这里除了《祭侄文稿》本身的艺术价值之外，另一个重要的原因就是中国传统的书学理论，往往从伦理道德来观照书艺，即以人品观照书品。正如沈鹏先生在《宗师：通会与独创》一文中，概括的汉字文化圈内对书法与书法家的要求具有的共同性:"评论书法家,由人品下观书艺,再从书艺优劣求人品。"

所以,宋黄庭坚在《祭侄文稿》题跋中说:"鲁公《祭侄季明文》文章字法皆能动人,正义凛凛,有使人不忍卒读之感。"清王顼龄在题跋中也说道:"鲁公忠义光日月。书法冠唐贤。片纸只字,是为传世之宝。况祭侄文尤为忠愤所激发,至性所郁结,岂止笔精墨妙,可以振铄千古者乎。"柳公权当年与唐太宗论笔法时也不忘强调"心正则笔正"。宋人朱长文的《续书断》序中开篇就表明:"夫书者,英杰之余事,文章之急务也。虽其为道,贤不肖皆可学,然贤者能之常多,不肖者能之常少也。"

"正心、修身、齐家,治国,平天下"是儒家士大夫的人生价值观所决定的人生理想。书法虽然有审美功能和艺术品格,但其首先是实用,是"英杰之余事,文章之急务"。书法艺术的这种尴尬的附庸地位使它的评判标准附加了许多非艺术的因素,当然,最为主要的原因还是"为艺先为人"这个汉文化圈共同的价值评判标准使然。

唐自天宝十四年安史之乱后日渐衰落。颜真卿作为国家扛鼎忠义之臣,经历了由盛极而衰的过程,他的命运与国家命运自然地连在了一起。他的取舍,正是儒家思想统治下臣子应有的选择,所以他在士大夫的视野中是人品与书品俱佳的典范,备受推崇与效仿,其意义已远超艺术评价的范畴。

其实,书法同其他的文化艺术一样,艺术水准与艺术家的政治价值取向无关,与人生态度也没多大的关系,而与他的文化艺术修养,还有审美价值取向、审美经验,以及性情有关。当书法脱离了实用而成为纯艺术，它的评判标准就有希望摆脱非艺术因素，而归于艺术审美价值判断。

  颜真卿传世的作品很多，著名的墨迹除《祭侄文稿》外，还有《告身帖》《刘中使帖》《湖州帖》等；刻帖有《争座位帖》；碑刻有《多宝塔碑》《勤礼碑》《郭氏家庙碑》《大唐中兴颂》《麻姑仙坛记》等。

原刊于《青少年书法》2007 年 4 月 17 日

2015 年 3 月修改

说说文学家苏东坡的书法

在古代文人中，苏东坡是我喜欢的第一方阵中的一个。读着他的诗文，欣赏着他的墨迹，那人便从诗文墨迹中慢慢地走出来：身体微微有些发福，身着本白色的曲领大袖，虽然人在颠沛中却依旧的神采焕然……

苏东坡生活的大宋王朝，在经济、文化、艺术、自然科学等方面，都达到了相当的高度。有人喜欢，有人向往，也有人抨击。有人认为大宋王朝的物质和精神二个文明高度，是空前绝后的，是中国封建社会的顶峰；也有人认为它是一个有太多屈辱的朝代，面对来犯的边角小国，没有一点大国的威仪；还有人用"谜一样的宋朝"为题来探寻崇文轻武的大宋王朝。但无论如何大宋王朝吸引了许多人的目光，著名学者陈寅恪就曾说过："华夏民族之文化历数千载之演进，造极于赵宋之世。"余秋雨也曾深情地表白他最向往的朝代就是宋朝。

有人说，如果没有苏东坡，宋代文学将会平淡得多。其实，何止是文学，宋代书法、绘画如果没有苏东坡也一样会黯淡许多。东坡是一个富有浪漫气质、独立思想和自由个性的人物。他虽然作为士大夫集团的成员，有着强烈的社会责任感，参与政治，但同时又有着艺术家所特有的浪漫情怀。他的一生波澜不断，却异彩纷呈。

苏轼，字子瞻，号东坡居士，眉州眉山（今四川眉山市）人，他的家族，以诗书传家，他与父亲、弟弟有文坛"三苏"之称。虽然他像所有的士大夫一样立志学而优则仕，从小发愤读书，不过，他在文学艺术上的成就远远高过了他在仕途上的升迁。在才俊辈出的宋代，苏东坡的才情可谓登峰造极，"诗文落笔辄为人所传诵，"散文位列"唐宋八大家"，词开豪放一派，对文人写意画有开创之功，书法也为"宋四家"之一。

崇文轻武的大宋王朝，文人地位虽然不低，但朋党之争也是相当的厉害，苏东坡可以说就是朋党之争中的悲剧人物。

1057 年，21 岁的苏东坡参加科考，受到欧阳修的赏识，考取进士；嘉祐六年，应直言谏策问，授大理寺评事签书凤翔府判官，开始了仕宦生涯，也注定了他一生的漂泊坎坷。

苏东坡由杭州通判，到密州、徐州、湖州知州，这是一段风平浪静的时光，他过着士大夫饮酒赋诗的恬淡日子。元丰二年（1079 年）历史上那个著名的"乌台诗案"，给苏东坡云淡风轻的日子暂时画上了句号，他被贬到了遥远的黄州，任了团练副使这么个芝麻小官。

乌台诗案就是一场文字狱。御史中丞李定等人摘取苏东坡的诗文，告他以诽谤新政。所谓"乌台"，就是御史台，因官署内遍植柏树，又称"柏台"。柏树上常有乌鸦栖息筑巢，所以称乌台。这个案件先由监察御史告发，后又在御史台狱受审，所以称为"乌台诗案"。

哲宗即位，苏东坡又被召还朝，任礼部郎中升起居舍人、中书舍人，再为翰林学士，继以龙图阁学士的身份，出任杭州太守，东坡又度过了他生命中最后一段自由自在，流连景物，饮酒闲逛的时日。元佑八年（1093年）新党再度执政，东坡又因为"讥刺先朝"的罪名，再次遭贬，而且是一贬再贬，最后贬到了遥远的海中小岛儋州，也就是今日海南的儋州市。又一个新皇帝徽宗上台，东坡又被调廉州安置、舒州团练副使、永州安置。又过了几年，遇大赦，再任朝奉郎。这是他人生中最后一次调遣，在北归的途中，染病而逝。这一年苏东坡66岁，政治上一生不得志的苏东坡，被皇帝谥文忠。

40多年的宦海沉浮，苏东坡一直卷在政治的漩涡之中，"尽言无隐"，"不顾身害"，"超越于蝇营狗苟的政治勾当之上。他不忮不求，随时随地吟诗作赋，批评臧否，纯然表达心之所感，至于会招致何等后果，与自己有何利害，则一概置之度外了"。林语堂说"他的一生是载歌载舞，深得其乐，忧患来临，一笑置之"，"像一阵清风度过了一生"，他在艺术上却因祸得福。钱穆说，苏东坡诗之伟大，就是因为他在政治上没有得意过，他一生奔走潦倒、波澜曲折都在诗里见。又因为他的这些诗文，身后留下许多的墨迹，书法史上著名的《黄州寒食诗帖》，就是他在黄州团练副史任上的诗稿遗墨。

对于艺术，苏东坡有着自己完整的主张。

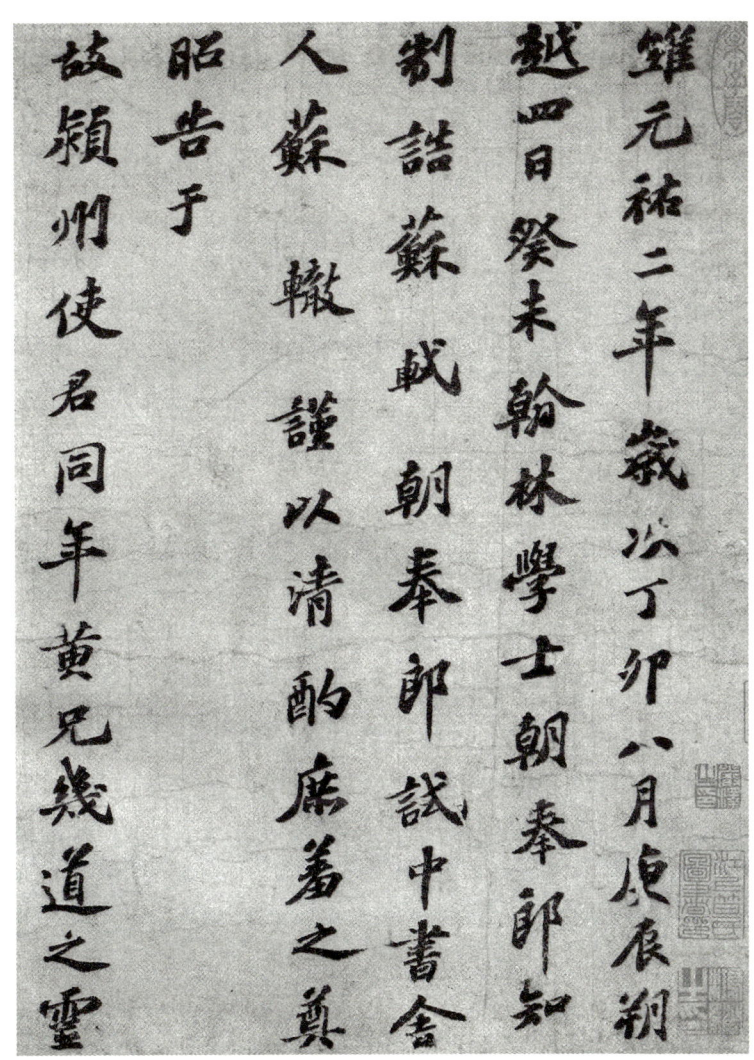

苏轼《祭黄几道文帖》（局部）

他认为在艺术上"天工与清新"为重(《书鄢陵王主簿所画折枝》),不应当拘泥于形似,而要"取其意气所到"(《又跋汉杰画山》);主张尚意求趣,要"出新意于法度之中,寄妙理于豪放之外"(《书吴道子画后》),又说"我书意造本无法,点画信手烦推求。""吾书虽不甚佳,然自出新意,不践古人,是一快也。"在《书唐氏六家后》中评赞张旭草书"颓然天放,略有点画处而意态自足,号称神逸"。

这种系统的艺术观,深厚的艺术修养,以及超绝的才华,使苏东坡既是"尚意"书风的倡导者和实践者,也是其中最具代表性的人物,对当世及后世都产生了深远的影响。所以黄庭坚认为苏东坡"本朝善书,自当推为第一"。(《山谷集》)

苏东坡作为"尚意"书风的领袖,从唐人"尚法"而到"尚意",他的书法并非"羚羊挂角,无迹可寻"。究其书法渊源,"苏门四学士"之一的黄庭坚说:"东坡道人,少日学兰亭,故其书姿媚似徐季海(徐浩)。至酒酣放浪,意忘工拙,字特瘦劲似柳诚悬(柳公权)。中岁喜学颜鲁公(颜真卿)、杨风子(杨凝式)书,其合处不减李北海(李邕)。"(《山谷集》)综观东坡书法,可知他广学博取,但对于传统的学习借鉴,却重神不重形,体现了宋人尚"意"——"言有尽而意无穷"的美学精神。

苏东坡的书法以楷书、行书为最,常常楷书、行书相半,外柔内刚,结法道美,气韵生动,丰腴跌宕,醇厚不失洒脱,正如其人。传世书作以诗稿翰札行书居多,也最具代表性。

我常想,以坡翁的学问、胆识、胸襟和性情,把豪放慷慨,大气磅礴引入了以阴柔婉约为传统的令词中,把广阔的社会内容注入了专限于描写闺怨相思缠绵悱恻的词牌中，别开洞天，成一代之大观，令传统士人瞠目；又将文人的意趣写入中国画，丰富了中国画的表现力。他的书法或许更应该是豪放洒脱，激情澎湃，一泻千里，更应该如他所说的"天真烂漫"，"行云流水"，他笔下流泻的应该是更能抒发性情，被宗白华称为"一片神机"，"如天马行空，游行自在"的草书，而不是行书。我们所见到他的诗文书信中，不见草书踪迹，不知是他不喜欢，还是没有流传，或者还是别的什么原因。以他的洒脱的性情，浪漫的气质，没有邂逅草书，实在是草书这种最具浪漫气质和表现力的艺术的一次缺憾。

苏东坡在给朋友的信中说："我一生之至乐在执笔为文之时，心中错综复杂之情思，我笔皆可畅达之。我自谓人生之乐，未有过于此者也。"才情超绝却一生穷达多变，际遇坎坷的苏东坡，常常惊起却回头，有恨无人省，拣尽寒枝不肯栖，唯有寂寞沙洲冷。他只有将心中错综复杂的情思化作诗文，写给自己。可以说诗文相伴了他的一生，他身后流传的书法作品，大多是这些诗文，还有给亲友的书信。诗文书信这种形式，最适于行书，或许真的是因为客观上的原因，而未能与草书结缘。当然，这只是我个人的臆测。

《黄州寒食诗帖》，是苏东坡的代表作，是他行书中的精品，元代鲜于枢认为是继王羲之《兰亭序》、颜真卿《祭侄文稿》之后的"天下第三行书"。黄庭坚在《黄州寒食诗帖跋》中说："东坡此诗似李太白，犹恐太白有未到处。此书兼颜鲁公、杨少师（凝式）、李西台（李建中）笔意。"

《黄州寒食诗帖》，纸本。行书。五言古诗二首。现藏台北故宫博物院。

元丰二年，时任湖州知州的苏东坡，因"乌台诗案"，被贬到了黄州，任团练副使。这时的他已年过不惑。

黄州是长江边上一个穷困的小镇，苏东坡在公余带领家人开垦荒地，在东坡一片坡地上耕种，以帮补生计，因此他有了"东坡居士"之号。

黄州的五年，是苏东坡一生中重要的一个阶段，可以说是他诗文书画创作的巅峰时期，正应了钱穆的话，在艰难的环境中，才能显示他人格的伟大，诗人的豪情，还有逸趣。

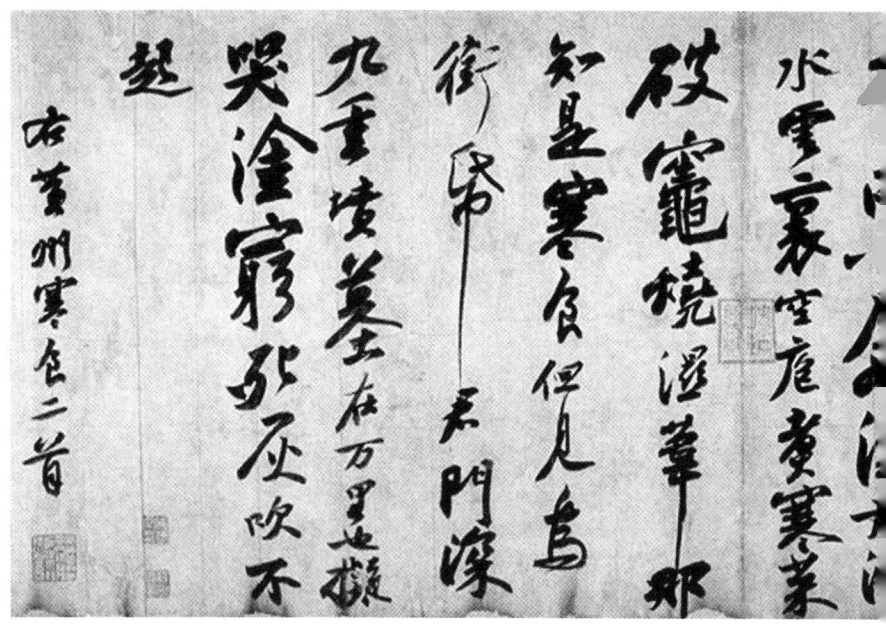

苏轼《黄州寒食诗帖》

壹·说说文学家苏东坡的书法

徜徉于山水风物之间，在老庄和佛禅之中徘徊，与朋友诗酒唱和，东坡许多脍炙人口、为人传诵的诗文名篇，就诞生在这段被放逐的日子里。如《念奴娇·赤壁怀古》，月夜泛舟江上而作的前后《赤壁赋》，还有《承天寺夜游》等等。

随着诗文创作的丰收，他的书法艺术也达到了一个新的境界，正如黄庭坚所说："到黄州后掣笔极有力。""早年用笔精到，不及老大渐近自然。"《黄州寒食诗帖》就是这一时期的杰作。

《黄州寒食诗帖》作于苏东坡到黄州的第三个寒食节。他感叹两个月来的凄风苦雨，海棠花零落成泥，"何殊病少年，病起头已白。"病起头已白的东坡居士，虽有乐天的精神和超物质的

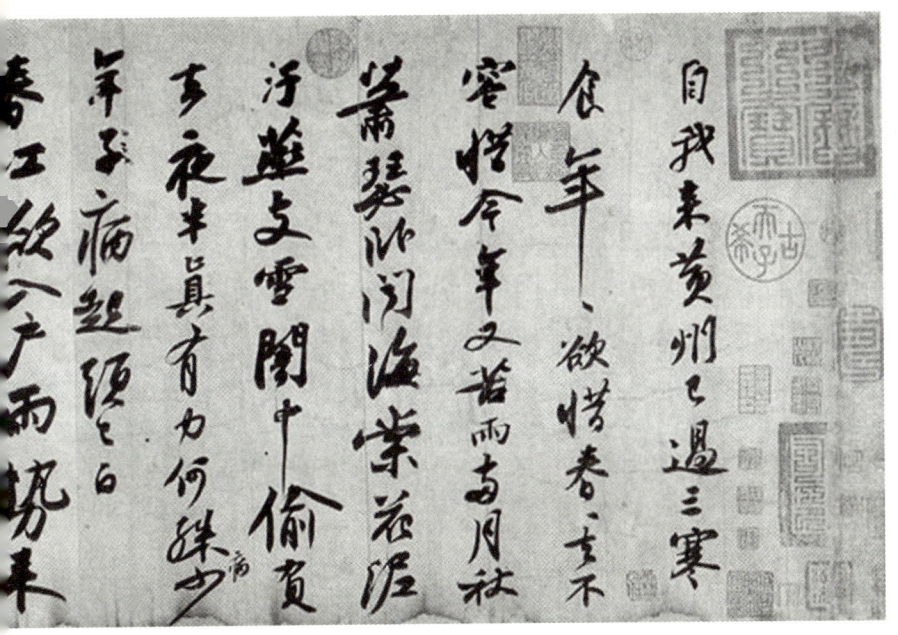

情怀，有着襟怀旷远，识度明达的精神，但黄州物质生活的困苦却是实实在在的，无法回避的现实："空庖煮寒菜，破灶烧湿苇"。他为之耿耿夜不能寐，"那知是寒食，但见乌衔纸。"心中的悲苦在此时，也唯有倾泻在笔下的乌衔纸上了，"也拟哭途穷，死灰吹不起"。

《黄州寒食诗帖》从头至尾，气脉贯通，一气呵成，点画随作者情绪的变化而起伏跌宕。

初起平和，继而"年年欲惜春，春去不容惜。今年又苦雨，两月秋萧瑟……"随着作者情绪的波动，笔走龙蛇，线条愈加飞动，起顿愈加迅疾，点画由细而渐粗壮。"君门深九重，坟墓在万里。也拟哭途穷，死灰吹不起。"情绪高昂到了顶点，却戛然而止，余音袅袅。

欣赏者随着诗意的转换可以真切地感受到贯穿在点画之中，作者情绪震荡而带来的韵律之美，就像欣赏一首无声的乐曲。抑扬顿挫的线条竟也是有生命力的，这正是书法艺术独特的表现力。

作者下笔时的注意力全在抒发心中郁结的情思，而不在笔墨结构的营造，下笔却似有神助，意趣得来全在法度之外，纵意而又在法度之内，从而也印证了他的著名论断"书初无意于佳乃佳尔"。

《黄州寒食诗帖》在艺术史上的审美价值远在文本之上，正合唐代诗僧皎然所说："但见性情，不睹文字。"明董其昌在诗帖的跋语中也曾感叹："余生平见东坡先生真迹不下三十余卷，必以此为甲观"。

当然，并非每个书法家都能下笔如有神助，正如东坡所言："作字之法，识浅，见狭，学不足三者终不能尽妙，我则心、目、手俱得之矣。""神"来自自我，自我的见识与修炼，才能心手双畅，由有我之境而入无我之境，臻艺术的最高境界。

《黄州寒食诗帖》与王羲之《兰亭序》、颜真卿《祭侄文稿》，都是诗文书法合璧的典范，虽然审美情趣不同，风格不同，但都是以情著文，以情挥写的性灵之作，都具有不可重复性。所以黄庭坚说："试使东坡复为之，未必及此。"（《黄州寒食诗跋》）这正是艺术与技术最大的区别之处。

东坡书法在宋代影响很大，人书并尊，时人争相欲得他的书迹。不仅他的弟兄子侄子由、迈、过等人向他学习书法，朋友王定国、赵令畤等人也都从他学习书法。后世书家李纲、陆游、吴宽、张之洞，当代的赵朴初等人的书法也深受其影响。传世书作还有前后《赤壁赋》《洞庭秋色赋》《中山松醪赋》《醉翁亭记》等，也都是行书作品。

原刊于《青少年书法报》2007 年 10 月 16 日

2015 年 3 月修改

有这么三种人

王晶，香港导演。他的电影坚持了40年的票房大户，在当下热热闹闹的电影圈，也算是个奇迹。王晶曾经泄露他的独门秘藉，是因为始终坚持为观众拍戏，从来不为自己拍。因为他看重的是票房，自然是随着观众口味的变化而变幻着自己的烹饪手段。在王晶这里，观众是上帝，是他的财神爷，电影自然就是他经营的商品，这没什么好说的。

小津安二郎，日本导演。他的电影不叫座，也不叫好，虽然早期也屡屡得奖。他始终坚持自己一成不变的风格，电影圈里称为影评人的评论家们对他的电影指指点点，说三道四，但小津安二郎却只顾低头拍着自己的戏，即使好莱坞的电影大行其道，他也没想过要借鉴一下，改变点什么，依旧自顾自地坚持着自己一贯的风格，缓慢的节奏，永恒的主题。关注着人性，关注着小人物的生活，演绎着饮食男女的生活琐事。就这样，他一直在为自己拍电影，从不迎合任何人。

叫座不叫好，叫好不叫座的电影，不少；经得起时光的电影,却不多。有多少电影就像大火煮沸的火锅,热闹蒸腾,火熄了,汤也就凉了。而小津安二郎的电影,拂去岁月的尘埃,却越发显现它的价值,说来奇怪,现在被人称道的,正是当年诟病他的理由。

这个世界上有一类人,就像王晶导演,被人称为潮人。潮人们总是很敏锐,虽然这个敏锐未必都能如王晶那样给自己带来价值,但他们走在了潮头,占领时尚的最前沿,成功了就会获得成就感,还有影响力,甚至是金钱,所以也有人称他们为时尚达人。

时尚达人有一个共同的特点,就是他们具有超级敏锐的嗅觉,和追求新奇的勇气,还有胆量。他们总是能够及时发现新事物的苗头,无论这个事物是否合理,甚至是否符合自己的价值判断,还有品位,他们首先想到的是它们这样的与众不同。

时尚的东西总会过时,总会让新的时尚所代替,就像长江后浪推前浪,前浪死在沙滩上。潮起潮落,时尚就像花样翻新的潮人装容,每一年,每一季都有新的时尚流行。

王蒙说,"我并不一般地咒骂时尚,时尚自有它的道理。但时尚是多变的,来得快也走得快。"(《重温〈老掉牙的文字〉》)

来得快也走得快的时尚后面,总会有众多的追赶者。这类人没有时尚达人的敏锐和勇气,也没有坚守者的追求和定力。潮来时,他们或许还会怀疑潮流的奇与怪,而当这新奇成为时风时,他们又急呼呼地奋起追赶,唯恐被时尚甩掉,成了落伍的人。这类人永远是世界上的大多数。

除了引领潮头的达人和潮流的追随者,这个世界上还有一种人，潮流来与不来，与他们好像没有多大的关系，就像小津安二郎。

这类人也有一个共同的特点，就是认准了自己，坚守，轻易不会改变。新潮来了，他们站在原地；新潮退了，他们还是站在原地。潮来潮又去，风景变幻，起起落落，他们始终站在那里，坚守着自己的价值判断。他们没有时尚潮人的先锋感，更没有赶潮人的盲目，会被看作过了气的"古董"，弄不好还会遭人抨击。

但是，世界上的事情就是这么奇怪，不是因为你爱折腾，你就占领了高地。潮起潮落的风尚就像过尽千帆皆不是，而始终站在原地的"老土"们却渐渐地把自己站成了一道风景，有了一种独特的魅力。就像小津安二郎一成不变的电影，随着时光的推移，渐渐地成了日本电影界一道永恒的风景。只是这类人通常身前大多与寂寞、孤独为伍，热闹和成功与他们不搭界，或许他们中更多的人身前身后一个样，寂寂而生，寂寂而灭。

写到此，忽然想到曾经红火书坛的闲堂，退耕书斋很久了，

宫双华《淡入云》

久到很多的书法人不认识他,只有几十年经历的资深书法人,还知道书法界曾经有一个叫闲堂的人。

或许许多人不知道,闲堂现在还动不动笔墨,或许知道他动笔墨,却不知道他在写些什么。毕竟他在江湖的时候,笔下的风景常换。常换风景的闲堂,现在的笔下既无风雨也无晴,每天凭窗而坐,研墨、展纸、捻笔,一笔一画从容中道,不激不厉,只弹着雍容典雅的曲调。

窗外的世界色彩斑斓,风云变幻,他却始终坐在北窗之下,写着、画着不变的风景。

原刊于《中国文化报》2016年4月20日

烟火的尽头

一直生活在钢筋水泥、铁皮车、人流交织的烟火里，嘈杂拥挤，没有片刻的清静，就连闻一下青草的味道也成了奢侈的事。于是，心中慢慢地萌生了一个愿望，想在烟火的尽头，给自己建一片林子，青山绿水相映，山气烟云相绕，过着抬头看山，低头看花的日子。

这日子，就是旧时文人的卧游生活，壁上挂的，手中展玩的都是自己喜欢的山和水，流连其间，亲近自然，澄怀观道。

而我想要的不是悬挂墙上，手中把玩，而是自己动手，丰衣足食，在烟火的尽头营造自己喜欢的茂林秀水、绿树鸣禽的山光野色，织就自己的卧游图，不仅可游、可居、可赏，而且可以时时变幻风景。

忙忙碌碌的生活，日复一日，虽然这个念想越来越真切，却始终还只在心中藏着。我知道自己不可能不管不顾地散淡无边，因为自己不得不混迹职场，是人家的女儿、也是人家的妻子、还是人家的母亲，写书法，码文字，读闲书，偶尔涂抹两笔，工余时光早已捉襟见肘。

所以这个愿望在心中住了那么久,也没有变成行动。

年轮一天天地增长,越来越喜欢平淡的生活,在意平淡中的深意,也越来越向往徜徉山水林边,能够"云中锡、溪头钓、涧边琴"。

该是给自己再做一次决定的时候了。过了不惑之年,我决定重拾画笔,结束小打小闹地涂抹,分出一部分时间、精力,选择国家画院进修,认真、系统地学习临摹。

何况这也是妈妈的愿望,她希望我能做个书法家的同时,还能当个画家,再说,这也是我小时候的喜爱。妈妈退休后拿起画笔,没有多久,就能画得像模像样,还参加院里的展览,上了光荣榜。这自然也成了她鼓励我的理由。

王文英《逍遥游》

拿起画笔，我发现自己与这山水真的是有缘，白天职场，晚上临池，虽然辛苦，虽然时常找不到感觉，但心中的愉悦，却是满满的。因为我真的用笔墨在烟火的尽头寻到了桃花源。因为这笔墨，心远了，地自然也就偏了。

人生暖风的日子多了，总会有寒流。一向身体健朗的妈妈得了胃癌，而且是中晚期。要知道妈妈还不到七十岁，而且平日里意气风发的样子，怎么可能和医院，还有疾病扯上边。

这个毫无征兆突来的消息，对我来说，就像是六月天突降大雪，寒气彻骨；对一向要强，爱美，干净利索的妈妈来说，更是致命的打击。家人乱了方寸，虽然我们都已长大，各自有了各自的家庭，但在这个大家庭中，妈妈依然还是主心骨，名副其实的家长。退休后画画、锻炼、出游，没有一刻闲着的时光，还时不常向我和弟妹们推荐各种锻炼养生的妙方。何况妈妈常说她不知道胃在什么地方，倒是爸爸总是闹胃病。这怎么可能呢，妈妈怎么可能就得了胃癌呢。

虽然无法接受这样残酷的事，却必须正视现实。妈妈开始手术，一次接一次的化疗，我也开始医院、单位、画院几头跑，就像上了发条的钟摆，但还不忘随身揣着纸和笔，只要有空就画上几笔。我知道，我的努力会让妈妈得到一点点儿的宽慰。

不在医院值班的夜晚，大都交给了画笔，画着山、画着水、画着天边的云霓，天在不知不觉中亮了，却依然没有睡意。我要画出满意的作品，好拿给妈妈看，因为她总是挑剔我笔下的山水，如何的没有生气和灵性。其实，我知道自己每有一点儿的进步，她都看在眼里，虽然她从来不当面夸我，但我能感受

壹·烟火的尽头

王文英《逍遥游》

得到她内心的欣慰。

我努力地画着，为了妈妈，也为了我自己。我决定举办个画展，让妈妈看到我的进步。

我的画展按计划如期地进行了，可妈妈却病得出不了门，我知道只要我努力了，能不能来看画展都不重要。

与病魔抗争了两个春秋，妈妈还是走了，忽然之间，我好像失去了努力的动力，再也没有力气画了，就连初衷的感觉也找不到了。

我不知道自己是怎么度过那一段艰难的日子。但也正是那段日子，让我更懂得珍惜，更懂得感恩，也更加地悲悯，也让笔下的山川风物更加顺从本心。

妈妈走了很久，我也画了很久，笔下的自然风物变得丰盈，但隐隐地有了一种感觉，而且越来越强烈，我发现自己的"欲望"好可怕，居然没有尽头，初心不见了，山外的山让我觉得心中的期望还在很遥远的地方，奥妙无穷的中国画让烟火的尽头风景无边，而我手中的画笔却无力表现自然中那些丰富的意象，还有自然寄予我的那些妙不可言的美的感受。

想想来时的路，我不过是想给自己找个心休憩的地方，实现妈妈的愿望，地方找到了，我却建着建着，不知道是栽柳树好，还是栽杨树的好；是任由它自由生长，还是学习别人修剪的好。

这或许就是人们常说的成长的烦恼吧。不管怎样，在热闹嘈杂的烟火里，我有了自己的卧游生活，也享受到了沉潜其中的快乐，而这个快乐不就是自己想要的吗，修不修剪又有多重要呢。

2016年元月于双清山馆
原刊于《中国文化报》2016年5月5日

找回自己

《北京青年报》刊登了一篇孙郁的文章《汪曾祺与废名》。文中说,"汪曾祺和他的老师沈从文都不喜欢过于载道的文字,趣味与心性的温润的表达,对他们而言意义却是重大的。"

文学的超功利性与"文与载道",是两种不同的艺术观。前者强调文字的审美功能,而后者往往注重的是文字的社会功用。

其实,平心而论,对于作文,我也不太喜欢过于载道的文字,而更倾心于表达趣味与心性的温润的文字,更赞赏东坡夫子的观点"作文如行云流水,初无定质,但常行于所当行,常止于所不可不止。"(《答谢民师书》)这样的文字才会文理自然,姿态横生。所以,我心中一直无法排遣幽微的文字带来的美感享受,也希望自己的笔下能流泻出这样超功利的,表现心性的文字,幽幽地透着一种情怀,一种淡远的自然的情趣。

遗憾的是,下笔却总是另一番景象,自觉不自觉地将这种幽微的情怀深藏于心底,生怕露出一点儿。这或许是我这一代人特殊的成长环境造成的吧,潜意识中有着一种本能的保护意识,不会把心思轻易地翻给人看。

我生于20世纪的60年代，正是举国热火朝天地大搞"文化大革命"的年代。无论男女都称革命同志，不讲科学，不讲文化，不讲人情，甚至不讲人性；没有自主意识，也没有个性可言，人人都将内心深藏起来，朝着"高大全"式的"人格神"看齐。久而久之的结果是人越来越伪善，离"真"越来越远。

从记事起，从会用笔写字，写得最多的是"决心书"，再后来便是没完没了的各种各样的批判稿，以及深挖"灵魂"的思想汇报，当然还有学习"毛著"的心得。虽然当时的我还不能完全理解它的意思，却不妨碍我套用新八股写所谓的学习体会。这些文字充满了功利，离自己的心灵很遥远。自然那时的我也不知道文字还有愉悦人性的功能。

后来，偶然在家中床下角落的纸箱里，发现爸爸的旧日笔记，漂亮的钢笔字迹，抄录着许多的诗歌。以我当时的阅读能力，无法判断这超出我欣赏能力和经验的诗，是好是坏，但直觉它很美。里边还夹有一张泛黄的书页，上面印着戎装的穆桂英，当然是戏曲中的。虽然我不知道穆桂英是谁，为什么这样的装扮？却能感受到她逼人的英气。这一年，我读小学三年级，不知道爸爸是否知道我曾偷看过他的笔记，从那以后，我再也没有见到过那个纸箱子。

但那以后，我便经常想尽办法找各种书籍来读，包括偷看爸爸拿回家来的作为批判对象的文学作品。

我不知道自己从什么时候起，喜欢上的文字，梦想当一个作家，也曾为此努力过，梦想虽然没有实现，文字却也没少写。

但写来写去，那字符却始终无法进入自己的内心，那份幽微的情思到了笔下就成了缺少灵性的符号。

昨夜，偶然在电视上看到墨西哥电影《美丽的秘密》。只知道影片是纪念墨西哥一位伟大的女作家，却不知道她叫什么，因为我看到它时已接近尾声了。

故事很简单。一个隐居的生命将尽的老妇人，一个纯真的生命蓬勃的男孩儿，偶然邂逅。老人留给男孩儿一个礼物。谁也不知道这个和女主人公一样神秘，被隆重地包裹着，一层又一层，又不能随意打开的礼物是什么。我想，众多的人包括那个男孩和我一样，私心猜想那是一笔不小的财富。过了许多年，男孩长大成人，他一直保守着约定没有打开那个礼物，直到陷入困境，他才如约打开礼物。原以为包裹里的钱财可以帮他解一时之困，当谜底解开，却出乎所有人的意料——它只有一张纸，纸上写着五个字。虽然那个礼物让已成年的男人一时失望之极，但却让他思忖自己的困顿因何而来，让他幡然醒悟。

"找回你自己"！便是这个神秘礼物的全部。

这分明也是送给我的礼物，我知道了自己的文字为什么会那样的干涩，是因为我始终没有找回自己。

这个孤独的老妇人，没有人知道她是谁，为什么会深居简出，她就像迷一样，让人们猜测不透，直到电影快结束的时候，谜底才终于解开，当然也包括她的那个神秘礼物。

原来，这个老妇人是曾经才华横溢、容貌美丽且红极一时的作家。她在事业巅峰时却突然淡出了人们的视线，而在人们几乎忘记她的时候，又悄然出现，而且以一种出人意料的方式，

兰堂偶记

正如电影的名字——美丽的秘密。只可惜我只看了电影的片断,一早起来便上网搜索,却只找到关于这个电影的片言只字。

不过,这个偶然看到的电影片断,却让我得到了一份最为珍贵的礼物,我会努力地找回自己。

2008年6月于双清山馆

阅读的快乐

我虽然不是出生在书香门第,但与书的缘分却一点不比书香之家的子弟少。初识书本似乎与它有一种天生的缘,喜欢翻、喜欢看,后来识字,就更是喜欢。我不知道自己为什么喜欢书,或许是因为书中有我不知道的新鲜事,有我没有接触过的形形色色的人,有我没有到过的地方。读的是书,看的却是世界。

阅读可以说是我小时候唯一感觉快慰的事情。那时候没有现代这么发达的资讯,也没有这么多诱惑人的玩意儿。业余生活除了每周一次的广场电影,就只有阅读了。与电影相比,我更喜欢文字,喜欢阅读,是因为文字比电影更有意思,更让人回味,更有想象的余地和空间。

在那个人人学"语录"的年代有书读是件很奢侈的事,大部分家庭是没有藏书的,即使有,经过运动也所剩无几。所以书大多是和家属院里的玩伴、同学、朋友交换来的,是有期限的。那个时候的中小学生不像现在的学生有山一样沉重的作业,但我却有做不完的家务事。白天上课,放学回家还要照看弟妹,喂鸡，给自己的小菜园子浇水施肥，打扫卫生，属于自己的时间就只有夜晚。所以每天放学就开始盼望着天快黑下来，盼望大人们早早入睡，好能拿出书来读。阅读前先要用衣服给挂在半空里本就不大明亮的灯做个罩子，以防灯光从门上的玻璃窗透出去被大人发现。

让人郁闷的是，那个时候三天两头会停电，没有了电，家中就只有一盏昏黄，光柱摇曳不定的煤油灯，没有电的日子只能早早地上床睡觉。

后来，离家在外上学，喜欢阅读闲书的毛病不仅没改，反而变本加厉，常常把课外书带进教室，那些没有兴趣的课堂时光便大多偷偷地交给了这些闲书。考试的时候只好凭着小聪明，临时磨刀不快也光，一次次涉险过关。这种行为毫无疑问是应该遭到批评的，但我们齐步走，一二一的应试教育又有多少是按照孩子的天赋、资质和兴趣来选择安排的呢？

阅读的经历从小人书、小说、散文随笔、诗词歌赋，到后来的文史哲，古今中外，虽然也有许多不得不读的枯燥的理论书籍，但更多的是自己喜欢的，可以时常沉浸在文字构筑的世界里，感受着它的美，体悟着人生百味，享受着快乐。

再后来，我与笔墨相遇，时光大多消磨在了笔墨纸砚之间，虽然依旧地喜欢阅读，但没有了小时候的随性，还有放肆，因为我没有办法把一天变成 25 个小时。

所以，很长的一段时间，我认为最快乐、最轻松的事情莫过于临帖。那种轻松畅快最能让紧张的神经松弛下来，也最容易感受到愉悦。

而临帖是要有条件的，虽然比不上画画那么麻烦，要地点、工具、时间都好，但必要的条件也是不可少的。你必须要有一张桌子，就是小也要有一方小几，能够放得下纸张，还要有笔墨。行脚在外，片刻小憩，来得方便的还是阅读。即便是在家里，休息之前，如厕之时，行得方便的也依然是阅读。

阅读是离我最近，最经济，也最方便，最容易时时感受快乐和充实的生活方式。所以行旅在外，包中除了衣物，最不能少的一件东西就是书籍，我称它们为行旅伙伴。若旅途中没有书，那将会是多么枯燥、乏味的一段旅程。

在人生的路上走了这么久，行过多少路我没有计算，读过多少书也没有个统计，对人生有多大的帮助也没有办法量化。但有一点我是知道的，阅读在增加知识、阅历的同时，开阔的不仅仅是眼界，还有胸襟，且涵养气质，丰盈内心。可以让人远离低级趣味，变得积极阳光；远离蝇营狗苟，变得宽厚仁爱。可以让人更容易感受到快乐，感受到温暖，人生也会更丰富有趣。所以三毛说，书读多了，容颜自然改变。许多时候，自己可能以为许多看过的书籍都成过眼烟云，不复记忆，其实他们仍是潜在的。在气质里，在谈吐上，在胸襟的无涯。当然，也能显露在生活和文字中。（《关于读书》）

阅读其实就是一段快乐的旅程，只要喜欢就没有终点。

原刊于《中国文化报》2014 年 11 月 13 日

想到哪读到哪
——生活的艺术

读书是我生活中不可或缺的内容。学生时代,除必须按照课程要求的课本外,常顺从性情的支配,读了许多的文学作品,古今中外,小说、散文居多。走上社会,读书更多的是从心所欲,散文随笔、书画、诗词歌赋……

有个电视栏目叫作"有多远,走多远",说的是羁旅山川风物。而我常常想到这句话,却是心性使然,兴趣广泛、读书庞杂,想到哪,读到哪。

《随笔》《读者文摘》《新华文摘》这样的杂志,唐诗、宋词、散曲这样的小书,是我的口袋书;王国维的《人间词话》,张潮的《幽梦影》《石涛画语录》这样的笔记类文字则是我的行旅伙伴。而那些枯燥的美学、哲学、艺术理论的书籍文章,是因为需要不得不读,是要正襟危坐在书桌前的。平日里,读得最多的还是散文、随笔,偶尔也会阅读一些名人传记,还有小说、戏剧。

早年曾经因为一本《射雕英雄传》，与闲堂争得不亦乐乎，谁都想早早地知道结局。结局却是两人不得不各自让步，趴在床上，一起读，而且是夜以继日。读书快的我，又常常因不能及时翻看下一页而着急生闷气，于是发誓：以后不再误入武林，更不可与人共享一份爱好，尤其是一本吸引眼球的书。

就是在这样漫无边际的随性中，慢慢地享受着读书的乐趣。当然，依旧的还会偶入武林，争抢更是在所难免。

近日又流连于林语堂先生的《生活的艺术》，好在这本书放在手边，无人争，可以静静的随意品读。

林先生在书中谈论了庄子的淡泊，赞颂了陶渊明的闲适，吟诵了《归去来辞》，讲了《圣经》的故事，还有中国人怎么品茶，怎么行酒令，又是如何观山、玩水、看云、鉴赏石头，如何的养花蓄鸟、赏雪听雨、吟风弄月……。他以一个中国文人特有的散淡笔调，向西方人娓娓道出了一个浪漫高雅而又充满东方情调的生活方式。这个生活方式来自神秘的东方中国，是可供效仿的"生活最高典型"，旷怀达观、怡情遣兴，又与自然相偕。

《生活的艺术》20世纪的30年代就在美国出版，第2年便高居美国畅销书排行榜的榜首，据说，这个榜首的位子一坐就是近一年。相传当年红透半个地球，以性感著称的好莱坞明星玛丽莲·梦露的书橱上也有，足见它受追捧的热度，绝对的高过今天的明星自传写真集，也足以说明林先生书中描述的中国人的这种优雅的生活方式，一样的令西方人着迷。

《生活的艺术》后来又被译成十余种外国文字，接连再版四十余次。再版次数之多，在现当代的作家中，我不敢说是第一，但能出其右者怕是没有几人、几本书。

时光兜兜转转了大半个世纪，林先生的书还在书店的书架上，或者读者的案头，但那种吸引了西方人的曾经的东方诗意的生活方式，与曾经的浪漫高雅，却与当下的中国人渐行渐远，早就变成了如同发黄的月历牌一样的旧日记忆。那本书对于今天的中国人来说，不过是偶尔的消遣，好像是在说别人的事情。现在的人困于高楼大厦的水泥森林里，连空气都是不洁净的，每天还要像候鸟一样早出晚归，忙忙碌碌，为了生计，或者为了满足欲望，连走路都不会慢慢地走，更不会柔软处事，往往由着性子任意而为，根本不懂得，或者根本就不认为生活还是个艺术，哪里还会享受到生活的乐趣。

这本旧日藏书读过也曾感悟过，却还是因为忙碌渐渐地淡忘了。今日再读的感受自然不同于当初，年龄长了、阅历也增长了，就是自己生活的境况也不同于过去，感慨自然会更加地强烈。

读书不仅仅是为了乐趣，但我却难改为兴趣而读书的习惯，想到哪，读到哪。这样随性的结果，很可能没有有计划地读书收效大，但也的的确确让我的生活充实，多了趣味，不知是否可以看作另类的生活艺术。

原刊于《中国文化报》2009年5月21日

艺术批评的批评

多年以前,曾经写过一篇《呼唤批评》,刊载于《书法导报》。文章虽然只代表个人的观点,也不敢说它有多么大的作用,但共鸣我想还是有的,至少文章被报纸作为了头条刊登在头版上。事过十余年,文艺批评的状况又如何呢?

看报道,去岁,某文艺研讨会。会上有人说,现在的文艺批评边缘化,作品的讨论会,演变成捧角会,树碑立传会。也有人说,现在的文艺批评的要害是"没有是非观,价值体系和立场"……批评之声不绝于耳。

这些批评都是很有道理的。我想,恐怕批评没有独立的品格,没有立定自己独立的地位,是最为要害的。严格地说,现在的所谓艺术批评,不能称其为批评,批评早已演变为一种附庸。正如有人指出的,中国当代的文艺批评,缺少的与其说是各种时髦的理论,不如说是说真话的勇气。

何为艺术批评?大英百科全书这样解释:指对艺术作品的描述、阐释和评价。

《辞海》中释义为：艺术批评是批评家在艺术欣赏的基础上，运用一定的理论观点和批评标准，对艺术现象所作的科学分析和评价。

真正的艺术批评是指有独立思考、有判断评价的一种阅读欣赏评论活动，它的主观性大于客观性，体现了评论者个人的强烈个性和态度。越是具有独立态度和观点的批评，越是具有批评的价值和可读性。

而现实的状况却是，一边是创作者市场培育的需要，一边是批评家的自说自话，创作与批评就像两股道上跑的车，各不相干。

市场衍生了需求，需求刺激了书画创作，创作需要鼓吹。艺术批评家要么沦为创作者的鼓吹手，要么背离创作现实而自说自话。

原刊于《青少年书法报》2012年3月7日

贰

有个地方叫腾冲

在"彩云之南"有个地方叫云南,在云南的西部有个地方叫腾冲。一直以为云南是梦中的地方,腾冲是梦里最遥远的地方。

从北京到昆明,几千公里,昆明到腾冲还要向西再六百多公里,过了腾冲就到了另一个国度了。

在祖国的版图上游走得多了,惊喜越来越少,失望却越来越多,一个江南的城市与一个塞北的城市,若不是地上的植被,你真的会怀疑自己的智商,辨不清身在何方。到了云南却是个例外,常常是惊喜连着惊喜,还时不时有那么点儿懊恼,为什么今天才到这个地方,而不是前日,或者昨日。行走在云南,入眼的都是新鲜的,地域的。

初次到腾冲,才知道这是一个每天都会飘雨的地方,是一个树干上长苔,石墙上长苔,就连常走人的石板路上也会长苔的地方。

虽然在飞机上抢先看了介绍它的文章,约略了解了它的自然、人文、气候、历史沿革,知道这是一个没有四季的地方。

但下了飞机才真正感受到腾冲的不一样，感受到什么是绿，什么是清新，随处所见的树木花草肥硕油绿得竟像是人造的。不知道常年不落雨，只靠尼罗河水生活的埃及人看到这样的树木会不会呆掉，他们眼中的树木花草一律的灰头土脸，哪里受过雨露的滋润。

在腾冲，雨说来就来，说走就走，毫无征兆。石板路似乎永远都是湿漉漉的，布满了青苔，稍不留心脚下就会打滑，但却没有南方雨季那种潮腻腻的感觉。这就是热带季风气候，冬无严寒，夏无酷暑。这里真的是没有四季，只有暮春初夏的感觉，舒适是由内而外的。

在腾冲的感受不只是在气候上，还有自然的恩惠，也是得天独厚的。在城市中见到的瀑布一般都在公园里人造的，腾冲城内的叠水河瀑布却是天然的，别的国家城市里有没有我不知道，但在国内是找不到第二个的。

窃喜的是我们下榻的地方与瀑布相距咫尺，房间朝向好的话，还可隐约听到瀑布哗哗的水响。不幸的是我们白天要开会，瀑布所在景区晚上要关门。这样一处自然的恩赐，围了栏杆，是要向外来的游人收费的，不像杭州的西湖，游人什么时候到，什么时候都可以亲近。

腾冲还有许多火山，醒着的，睡着的，近百座，它的山都有着自己的性格和样貌，来者可以自己品一品。伴着火山还有热腾腾的各种汤泉，这里的汤泉用壮观来形容一点都不为过，蒸腾的热气有如仙境蓬莱，古人以"一泓热海"这样诗意的字眼来形容真是贴切到位。来腾冲不亲身体验一下，会很遗憾的。

贰·有个地方叫腾冲

腾冲是个边城,与翡翠之国缅甸相邻,边境线近一百五十公里,所以腾冲被称为"极边第一城"。翡翠就是经过这里加工流转到国内,热络起来的,至今还受人追捧。清同治年间的学者寸开泰撰写的《腾越乡土志》中说:"腾为萃薮,玉工满千,制为器皿,发售滇垣各行省。上品良玉,多发往粤东、上海、闽、浙、京都。"清末民初,腾冲城内就有翡翠作坊百余家,玉雕工匠三千多人。时至今日,腾冲依然是东南亚重要的翡翠加工贸易集散地。

古西南丝绸之路经过这里,一路到达缅甸、印度、巴基斯坦,还有阿富汗。据说两千年前的西汉,这里就已是一个工商云集的地方和重要的通商口岸。"博南古道"上轻脆的马铃声,一千多个秋冬春夏,叮当、叮当,响个不停,却因为一条公路的开通,渐渐的稀落,终结。这就是20世纪40年代开通的中印公路,也称史迪威公路。马帮成为历史,他们的故事,还有装备进了博物馆。在和顺古镇就有个大马帮博物馆。有部电影叫作《山间铃响马帮来》,虽然不是叙说边陲古道上马帮的故事,但山间铃响,还是会令人联想到曾经穿梭在古道上的大马帮。

说到马帮不得不说这里的古镇和顺,它是马帮文化的延伸,因为马帮才有了和顺的兴旺,成了著名的侨乡。

我到和顺的时候,正是黄昏时分,夕阳下的古镇格外的静,格外的清寂,没有丽江、大理、乌镇,还有周庄的喧哗热闹。刚刚落过雨的石板路多了几分厚重感,路边铺子里的店家悠闲地嗑着瓜子,远处人家与山边架着一道彩虹,就像仙境中的桥,连接着天上人间。

兰堂偶记

斜阳一寸一寸地退下，不同光影里的街道，还有建筑的色彩变换，就像过去的拉洋片，片片都是景致。岁月穿越深宅古巷，将旧日的悲欢留在了一座座错落的民居里，也印在了砖瓦墙壁间。走在古街上，恍然穿越在时间的流里，一不小心走进了古镇的昨日。

一条清澈的小河悠闲地流过镇子，所以古镇有了"河顺"之名，又因"士和民顺"之意，改称了"和顺"。镇上有一座图书馆，据说是全国乡村图书馆中规模最大、藏书最多的，藏书有几万册，里面不乏古籍善本。这个图书馆建于20世纪20年代，门楣上的匾额是胡适的手书，透着清雅的书卷气。至于安徽绩溪的胡适如何会为一个滇西的乡村图书馆题写匾额，我没有探究，但古镇上出了一个著名的文化人艾思奇，是当代大哲学家。

图书馆的书摊上，除了书还有一种特色宣纸在卖，称为"腾宣"，据说纸性、色泽的原因颇受书画家的青睐。相传徐悲鸿路过此地曾买了"三驮"。"腾宣"有白色的，还有古绢的古旧黄色，表面像极了元书纸，有种古朴的味道。喜欢涂抹的人，看到这个自然喜欢，是要购入囊中的，只是我没有徐先生的魄力，一下子买那么多，也没有试过，是不是像他说的那样，还可以防"揭"。

这样一个祥和温情的边城，也有着边城的特点，那就是自古兵家重地。据说历代都有重兵驻守，历史上兵火不少。

这里曾是二战时滇西抗战的主战场。中国远征军在这里曾与日本侵略军浴血奋战，有过一场百余天的血战，最终收复了腾冲。腾冲成为中国沦陷区第一个被光复的县城。这场旷日持久的血战歼敌六千余人，远征军官兵阵亡九千余人，盟军官兵阵亡近二十人。到了腾冲，一定要去国殇墓园祭奠那些为国捐躯的英灵。

墓园里安息着远征军，还有盟军阵亡的官兵，虽然墓碑上没有名姓，但这数千座的墓碑，就像数千座的脊梁，数千座的精神丰碑。从躁动喧嚣的市井，踏入肃然静寂的墓园，就像踏入了圣地，有洗礼重生的感觉，心中唯有崇高、悲壮，还有深深的敬意。墓园建于20世纪40年代，也已成为历史遗迹。

这个小小的边城，魅力十足，不是简单的文字就能够描述得清楚的，它有许多的名片，历史的、人文的、自然的、军事的、经济的……对了，来到这里的人还会跑进玉器店，挑选自己喜欢的翡翠制品。

这个小城就像翡翠一样玲珑剔透，温润祥和，而且一年三百六十五天，什么时候来，什么时候都是最好的。

原刊于《中国文化报》2015年7月4日

不一样的香火
——河北采风手记之一

曾经好几次与正定的隆兴寺擦肩而过，却一直惦念里面的《龙藏寺碑》，只道这座寺庙是因了这块书法史上有名的隋碑而著名。而当我终于站在寺门里倾圮的殿阁基座上放眼望去，真的有些后悔旧日里与它的那些错过。

虽然天空飘着细雨，虽然雾霭沉沉，但斑驳的树影里影影绰绰的重重院落，屋宇飞檐，就像电影里的特技镜头，从很遥远、很遥远的过去穿越而来，带着古老的、苍厚的韵味，带着诗意，带着神秘。我知道自己喜欢这里。

我对佛教没有什么研究，但也参拜过南北西东不少的寺院，眼前的隆兴寺不论宗教地位，还是影响力，单是寺内的建筑群，还有建筑里的那些雕塑、壁画，铺排陈设就着实让我惊叹不已。

这个兴建于隋朝，兴盛于宋朝的寺庙，虽然绝大部分的建筑是北宋时期的，却不知为什么，我总感觉它们有着唐朝建筑的味道，那种恢宏阔大的气象。寺内建筑布局分为东西中三路，铺排疏阔，无论站在寺内的哪一个角落，都能感受到那种超然世外的宁静。宗教的神圣，还有崇高感，从寺庙的殿堂漫延到院落，虽然这里早已没有了香火。

隆兴寺俗称大佛寺，位于石家庄市正定县城，时光回溯到一千五百多年前，这里还是私家园林，隋朝时改建成寺院，那时称为龙藏寺，寺内那块享有盛名的隋碑，所以称为《龙藏寺碑》；唐朝改称龙兴寺；清朝时又改"龙"为"隆"，现在天王殿的大门上还悬挂着康熙皇帝题写的"敕建隆兴寺"的金字牌匾。

隆兴寺里的佛像，无论泥塑、石雕，还是铜铸的，精美倒还在其次，单是贴近世俗的生动的相貌，便在神圣之上，令人有亲近感。特别是摩尼殿南壁宋代泥塑的五彩须弥山，大大小小几十位佛陀生动逼真，但最为亮眼的还是正中坐拥祥云的观音菩萨。她头戴宝冠，肩披璎珞飘带，圆润丰满，左脚踏莲，右腿抬起搭在左腿上，双手抱膝，优雅恬静，端庄安详，又怡然自若，真有几分烟火气，不似寻常佛像，见了只想着拜，而眼前这个跷腿微笑的观音，拜过了还想上去拉拉她的手。据说鲁迅一见就惊呼为"东方美神"，只可惜他见到的只是一帧照片。

摩尼殿殿堂高阔，供奉的佛祖愈显威仪气度。里面明代的壁画西方胜境图，更是令人叹为观止，岁月在此似乎停住了脚步，色彩艳丽或许不减当年。无论画中的主角西方三圣弥陀、观音、大势至，还是边角的罗汉、乐伎、圣众，都刻画得栩栩如生，精微传神，有世俗的气息，这样的西土胜境自然让人亲近。

这些雕塑还有壁画不知道出自何人之手，是工匠还是艺人，但都令人不得不赞叹他们技艺的精湛，感佩他们为艺为技的那种工匠精神。

摩尼殿是整个隆兴寺建筑群中最让我恋恋不舍之地，有着我心目中唐朝建筑恢宏的气度。虽然我对建筑史没有研究，心中却固执地认为唐朝的建筑就该是这样的朴厚、高大、恢宏、大气。但摩尼殿却是宋代建筑，建于宋仁宗时代，或许因为那时去唐不过百余年，因袭传承总还是有些影子吧。摩尼殿平面呈十字形，正殿七间，进深七间，重檐九脊歇山顶，布瓦心，绿琉璃瓦剪边，四面明间各出抱厦。殿内为梁架结构，檐下斗拱粗壮，殿脊、飞檐曲曲如弓，流畅而有力度。据说，这是世上宋代建筑的孤本了，其珍贵可想而知。

摩尼在梵语中是宝珠的意思，而摩尼殿称得上是中国建筑史上的宝珠。

《龙藏寺碑》的确是隆兴寺的亮点之一，自然也是讲解员重彩描述之处，只是遗憾她解说中的简单与偏差。《龙藏寺碑》有隋碑第一之谓，开楷书高峰唐楷的先河。虽然崇尚碑学的康有为大赞其"非独为隋碑第一"，而是"六朝集成之碑"，但也并非讲解中所说的那样是楷书之祖。楷书之祖确有其事，说的是早《龙藏寺碑》三百多年的三国时期魏国的钟繇钟太傅的《宣示表》。因为早在魏晋时期，楷书就已八法俱备，钟繇之外，东晋王羲之父子的楷书也已是成熟的楷书体态了。

《龙藏寺碑》书迹为楷书，只是它还留有一点点隶书的气息，结体还有隶书略呈扁方的特点，但绝非讲解员所说的"一半隶书，一半楷书"。这种论书的说法我也是第一次听说，不

贰·不一样的香火

知由何而来，也不知道"一半隶书，一半楷书"的作品什么样子？是像汉代竹简书、敦煌写经那样一篇杂糅多体，还是像郑板桥"六分半书"中一字多体杂糅？

讲解员告诉我，我是第二个提出异议的游客，又不无遗憾地说："解说词就是这么写的。"我只道遗憾，这会误导多少游人，想想人们旅游观光，常常凭借讲解员的讲解来了解历史人文掌故，又有多少是误解呢？

这是一个走过了一千多年，经历了多个朝代的寺院，自宋开始，元、明、清几代都由皇帝敕令重修，自然有许多不同寻常之处。在这里，还见识了一个奇特的书架，这可不是一个寻常的书架，而是一个可以旋转，像八角形亭子的大书架，直径足足有 7 米，是用来收藏经文的，称作转轮藏，据说在国内可是年纪最大的一个。还有一座千手千眼观音像，是国内铜造像中最高大的。后人给隆兴寺总结了六大之最，而我已圈点过五个，至于最后一个铜铸毗卢佛是不是国内最精美的，只有观者自己品评了。

出得寺院，才发现殿前不远处并排立着三座单孔小石桥，私心猜想或许是引领寺内三路建筑的吧，桥下已不见了河道，细观之下依稀还能看出掩埋的痕迹；寺墙外林木高大，寂静的小路消失在远方，可以想见这里的香火曾经是怎样的鼎盛。不知道为什么我总觉得这里鼎盛的香火里，有着世俗的亲近感，有烟火的味道。

隆兴寺所在的正定县城距离京城约 300 公里。这个距离说近不近，说远也不远，对于今日出行有高铁，有汽车这样便捷交通工具的人来说，不是问题，但喜欢旅游的京城人却鲜有涉足这里的，虽然她够古老。在这个初冬清晨的小雨里，散落在寺院里的游客，大多是我们这个艺术家采风团的。其实，这样静静的院落才是我心目中寺院的样子，清寂而神圣。

现在河北省首府石家庄市中心将要迁至这里，寂寞了百余年的正定会繁华起来，隆兴寺或许会成为城中寺，或许市井之声也会传到寺院里，或许会有越来越多的人慕名而来，想到此不免心慌慌。刚刚走过的满城中山靖王墓，早已不是从前的模样，山下鳞次栉比的建筑，山上的索道，还有供游人玩乐的设施，不大的一座山热热闹闹。希望繁华带给隆兴寺的不只是热闹，希望沉寂了许久的古寺能够保留住那份古朴，那份宁静，还有历史的厚重感，还能让后人像我一样感受到那不一样的香火。

原刊于《中国文化报》2015年12月12日

赵州桥来什么人修

——河北采风手记之二

    赵州桥来什么人修？玉石栏杆什么人留？
    什么人骑驴桥上走？什么人推车压了一趟沟？
    赵州桥来鲁班修，玉石栏杆圣人留，
    张果老骑驴桥上走，柴王爷推车压了一趟沟。

  这是首河北民歌，叫作《小放牛》。曲调轻松上口，连我这个唱歌走调的人也能哼唱的八、九不离十，70后往上年纪的人大多都能唱的差不多，在百姓中的熟悉程度，绝不输当下的流行歌曲，至少在北方是广为流传的。随着这首民歌的传唱，赵州桥自然也深深地印在了人们的记忆里。

  我不知道自己是先从歌里，还是先从课本里知道赵州桥的，但印象里的赵州桥和鲁班相连，那应该还是先从歌里知道的。不过，那时候的我虽然小，但还是有点儿好奇，鲁班是个木匠，怎么桥也修得这么好。后来长大了，在学校学了历史，才知道这桥的确不是鲁班的功绩，而是一个叫李春的工匠。他们根本就不是一个朝代的人，一个生活在公元前，一个生活在公元后，中间隔着快一千年了。也许是因为鲁班是土木工匠的祖师爷，或者人们心目中的能工巧匠，都是鲁班这样的。只是这歌传唱了这么久，大家都知道这桥与他没有关系，却还一直这么传唱，或许只是为了尊重民歌的"历史"吧。

后来工作了，再后来要给当代的桥梁专家茅以升写传，看了许多和桥有关的资料，才知道赵州桥在世界桥梁史的分量，敬佩那个叫李春的工匠。虽然在民间他的名字没有鲁班那么响亮，但却比鲁班更能让后人心生自豪感，毕竟赵州桥今天还横架在赵州的洨河之上。

赵州桥在河北赵州，现属石家庄市，距离我生活的京城也没有多远，但却一直无缘得见。记忆里它是个石拱桥，隋朝人的杰作，足够古老，到现在应该有一千多岁了，是世界上现存年纪最大的石砌拱桥，岁月该在它身上留下怎样的痕迹？

而当去岁初冬，我来到赵州，真的踏上赵州桥，竟有些怀疑脚下的这座看上去坚固如初的石桥，是不是传说中那个经历过一千多年风霜雨雪，无数次洪水袭击，还有许多次地震的古桥。侧目望去，桥身竟看不出多少岁月的印记，还是那么年轻，感觉再过千年，它依然还会如此挺拔，心中油然生出一种深深的敬意……

我不知道一座桥的寿命以什么来计算，赵州桥在它的生命里现在处于壮年、中年，还是老年？恐怕世界上比它年长的桥也没有几座，然而，岁月在它身上好像只是锻造了沉稳的气质。

贰·赵州桥来什么人修

赵州桥又名安济桥，当地老百姓形象地称之为"大石桥"，桥身简洁大方，体魄挺拔，有如青年男子健美的身躯，充满了力量感。在文人的眼中它如"初月出云，长虹饮涧"。

细览古桥匠心独运，巧妙绝伦的地方，还真是不少，如果不是有专家讲解，我也会像唐朝的张嘉贞那样感叹"制造奇特"却"不知其所以为"。

全桥一个大拱，有 37 米长，在当时可算是世界上最长的石拱。大拱的肩上，一边一个小拱。无论大拱，还是小拱，都不是想象中的半圆，而更像一张弓，真的如新月出云。桥面平缓，人和车马都不需要爬坡，就像在平地上一样，可以轻松地通过。这样的奇妙设计，除了人性化、美观，还节约了石料，减轻了桥身的重量，最重要的是在洪水来犯的时候，大拱肩上的两个小拱，还可以帮助它分担过桥洞的水量，减轻洪水对桥身的冲击。

细细的数下来，大拱由一层一层足足 28 层拱圈拼成，每道拱圈据说都能独立支撑上面的重量，一道坏了，其他各道也不会受到影响，还可以随时更换坏了的石头，而不影响大观。怪不得石桥看上去竟没有岁月的风霜。

感谢那个叫李春的工匠，因为他，我们这些后人今天还能有一份自豪。只是遗憾今人修补的桥栏杆，那个歌里唱到的圣人留下的玉石栏杆，造型简陋，工艺粗糙，实在配不上这座精工的古桥，就像一身上乘华丽的衣裳，别了一个粗糙鄙陋的别针。

离古桥不远处还有一座现代人修建的桥，桥上还有廊子，想必是为了减少古桥的压力，毕竟当年修桥的时候，除了人，只有骡马、人力车，哪会想到今天会有这么多以吨计算的铁疙瘩汽车。那座新修的桥，身架单薄，缺少美感，站在古桥的边上，让人感觉它的年轮似乎更长，多少有些煞风景。今天的人手下的活计这么差，为什么就不能聪明点，把它建的离古桥远一点儿。这么单薄的桥不知道能经历多少的时日，不过，比起那些开通没多久就垮掉了，建着建着就塌了的桥，这个桥还算是好的。作为现代人，真的是无颜称自己是李春的后人。

远处的古桥与水中的影就像一幅水彩画，在这个萧条的初冬，有着薄雾的午后，静谧中透着一种深沉、厚重的美，直让人有种时光的错觉。只是桥下的河水稠密，泛着混浊的绿色，一阵一阵令人窒息的臭味，随着微风飘过来，令人在时光里打晃儿。这还是冬季，若是盛夏又当如何？

当年这座古桥开通的时候，桥下的河水应该鱼翔见底的吧，现在这河水里有没有鱼我不知道，只是想若是有鱼，那鱼也该是变异的吧。掌握着现代科技手段的当下人，为什么建设要以牺牲环境和水源为代价？这样的代价让我们怎么回望崇尚天人合一的先人，又让我们的子孙后代怎么来面对自然，怎么与自然和谐共处，又拿什么来偿还自然？

原刊于《中国文化报》2016年3月6日

遗落的诗情

一

古津渡口,京口,瓜州,这些地名早已湮没在历史的烟尘里,值得庆幸的是它们还活在古人的诗文里,而我对它们所有的想象也都在这些诗文里。想起这些地名,总会有一种久远的、温馨的诗意,漫溢心头。而当有一天我真的站在古津渡口的青石板上,却有一种抑制不住的失落。

眼前的这个城市虽然还没有从昨夜的睡梦里完全清醒,但不远处林立的高楼大厦,还有大厦间网格的马路,路上的人影,驶过的汽车,让那些带有诗意的名字,瞬间远去了……

昔日"京口瓜州一水间",现在舟楫往来的日子也早已成为过去,镇江一侧的古渡口冷冷清清。

依山的曲径两旁,各色林立的店铺,佛道一家的寺院、道观,客店……依稀可见昔日的繁华。晨曦中漫步街头,柔和的光影下的古街,清寂而神秘。岁月的沧桑从脚下光滑油亮的青石板上,从斑驳紧闭的门窗间,一点一点儿地渗透出来,让你顿觉岁月的久远。

  坐在古津渡口，遥想当年的盛景，感受待渡旅人的心境。尔今，早年的京口、瓜州间，也已"一桥飞架南北，天堑变通途"。交通的快捷便利，是古人无法想象的，而我却多少有些惆怅，挥之不去，快则快矣，少了旅愁，也少了行舟江上的乐趣和情怀。试想，若王公安石活在当下，对此，是否也会感叹唏嘘，少了多少诗情？还会有机会站在古津渡口的船上，吟出《泊船瓜洲》里的句子吗？

     京口瓜洲一水间，
     钟山只隔数重山。
     春风又绿江南岸，
     明月何时照我还？

二

  瘦西湖，攀附上杭州的西湖，定是因为她的"秀气"更盛一筹，所谓环肥燕瘦吧。却没想到她的瘦，竟瘦得如飞燕的裙裾，飘飘落地，迂回曲折，迤逦如带，更像一条河，却偏偏称作湖，还扯上了西湖。

  原来，瘦西湖是由几个私家园林，还有旧时的护城河连缀而成，蜿蜒迂回好几公里，自然就瘦成了这样，但却比西湖多了阴柔飘逸的妩媚。

我曾两度到过扬州，巧的是都是烟花正盛的春日，也都是阳光丽日的午后，放下行装都直奔了瘦西湖。

伫立湖边，你决不会像欣赏西湖那样，可以尽收眼底。瘦西湖的美，还在它的婉转，它的韵致，它的少女似的欲说还羞。你只有耐下性子，才可以一点一点儿，慢慢地感受它的美。

沿湖堤曲曲的岸边，依次有长堤春柳、四桥烟雨、徐园、小金山、吹台、五亭桥、白塔、二十四桥、玲珑花界、熙春台、望春楼、吟月茶楼、湖滨长廊、石壁流淙、静香书屋……风景转换，嫣然一幅丹青妙手的得意画卷，徐徐展开，逶迤向前，足足三公里。逛着这样的园林，才知道古人为什么好在宣纸上渲染风景长卷了。

"烟花三月下扬州"，不知诗仙李白是否到过扬州，暮春三月的扬州是否烟花还盛？我不知道。而我来时，这里正值仲春二月暮，早已是柳绿莺飞，姹紫嫣红，如茵如烟，正是"花月正春风"的好季节。

蜿蜒的长堤，数百米，杨柳与桃相间。一眼望不到边的新绿，点染得湖水也似怡人的绿锦，微波荡漾。轻柔的柳丝，更像美人儿的长发，迎风飘舞，荡漾着春风，也撩拨着人的情愫，据说"长堤春柳"是扬州二十四景之一，果然名不虚传。

路边的迎春、桃花虽已近迟暮，但散落在盛开的郁金香，玉兰和不知名的花丛中，生机不减。人行其中，如舟行五彩的花海里，芬芳四溢。微风过处，片片落红，洋洋洒洒，好似漫天飞雪。一种说不清道不明的柔情漫溢周身，在这个温润的午后，偶拾一片诗情：

>　　流水画桥春梦里，
>　　轻移小步绿莺啁。
>　　忽然一阵微风过，
>　　片片飞红落发梢。

"二十四桥明月夜，玉人何处教吹箫"。行至二十四桥，但见身姿迥异的小桥，左一个右一个，前一个后一个，桥桥相连相通，走过一座又一座，好像误入了桥林的深处。我无意考证这是否就是杜牧当年流连之地，是否真的有二十四桥，单那斜阳影里的小桥流水，绿树鸣禽，就足以使人生发许多的情怀。

"天下三分明月夜，二分明月在扬州"，是否这二分明月都在此处呢？

可惜我虽在扬州度过二夜，也曾在晚餐后，行船古运河。虽是明月夜，却不似想象中的明亮，扬州城也不似想象中的那样韵致婉转。花哨的霓虹灯，闪烁之间，彰显着现代都市的性格，就连天上水中的月，也因了这五颜六色的星星般的灯海而暗淡了许多。而此时，诗情便也沉沦在这灯海里了。

原刊于《书法报》2015年8月26日

枫桥边

曾经在钱绍武先生题为"朽木堂"的工作室，看到墙壁上张贴着的一张巨幅照片，是先生为唐代诗人张继所做的青铜雕像。

画面中的张继斜坐在船上，悠然地依着书箧，头微微上仰，半闭着双眼，右手搭在略略弓起的右腿上，轻松自然，手指却似和着远处隐约传来的寺院钟声，轻敲着节拍，一副怡然自得的神情。

> 月落乌啼霜满天，
> 江枫渔火对愁眠。
> 姑苏城外寒山寺，
> 夜半钟声到客船。

诗人悠然而低沉的吟唱，仿佛穿越时空，远远地传来，幽幽地萦绕在耳际。

雕像的线条流畅圆融而又简洁，衬托着诗人神情的丰富与饱满，构成了"简洁与丰盈的和声"，真乃神来之作。

多年以前，我曾两度到过寒山寺，都没有见过这个雕像。却原来先生的这尊雕像作于1993年，立在枫桥边的苏州寒山寺枫桥文物陈列馆。

而我第一次到寒山寺是1986年，二度再来是六年后的1992年，所以无缘邂逅先生的大作。

第一次行迹匆匆，印象模糊。二次再至，是在一个微雨的秋日午后，撑着雨伞，去寻找那个曾经出现在张继诗中，夜色朦胧里虚幻如梦的枫桥。当我远远地望见那座千余年来被人吟咏的枫桥，我以为我走错了地方，这哪里是张继当年夜泊之处，不过是街市中一座过桥而已，只有石桥的梁柱斑驳的外表透着岁月的痕迹。

枫桥周围没有深深浅浅错落的杂树，更没有旷远落寞的景致。有的只是高高矮矮鳞次栉比的房屋，密得令人透不过气来。桥边沿街衍生出了街市，道路两旁，挂着各种幡幌的店铺，最多的还是所谓的古玩字画店，一派繁华的景象。

穿行在这热闹的街市上，一边感叹诗人张继的功绩，一首七言绝句，28个字，穿越千年时空，还能让姑苏城外一座平常的寺院，名满天下，香火鼎盛，而且商贾云集；一边幻想诗人如果再世，看到这样的情景，是否也会和我一样以为走错了地方，还会再有诗兴吗？落寞的是自己此生是无缘感受诗人曾经经历的情景，感受那份诗情。收藏多年的诗意梦境，顷刻间遗落在这个秋日午后的细雨中。

寒山寺平日里人影憧憧，若是初一、十五的斋戒日，或是节假日，情形就更不可想象。佛门圣地本是清静之所，而现在却宛若喧哗的场馆，来的未必都是香客，更多的是慕名而来的旅游观光客。

写到此，想起一个小插曲。

当年，我和同事就是这样的旅游观光客，我们勾连在这里，并不是为了进香拜佛。我的那位漂亮的女同事，忽然心血来潮，试图拦住偶然经过，手持斋饭托盘，目不斜视的老和尚要合影留念。老和尚面无表情，依然前行，没有要停下来的意思。看着同事的窘态，我笑问她是否真的想要和出家人合影，她点头称是。我告诉她我有办法满足她的愿望。在她疑惑的目光中，我走回大门口，朝站在那里执手迎客的小和尚耳语几句，他便随我而来。同事如愿与小和尚合影留念，只是她不知道我是如何说服小和尚与她合影的。我说没费周章，只是告诉他，有位漂亮的女士想要和他合影留念，如此而已。她却始终不相信我的话。

其实，是小和尚的眼神告诉我，他不会拒绝。初进门时我就注意到眼光游离的小和尚，我知道他的心还不定，还有一半留在佛门外的红尘里。

今日读报，偶然看到这样一则消息，苏州寒山寺在武汉订造的大铜钟在汉试音。

上网搜索得知，寒山寺内现存的古钟是一口具有百年历史的仿明钟，由日本友人赠送。因为此钟较小，为扩大影响，寒山寺决定在武汉重铸新钟，得到当地政府的大力支持。这个新铸的大钟重108吨，唐式，上铸《大乘妙法莲华经》一卷，共7万多字，据说为华夏第一法华钟。

为迎接这个正在制造中的大钟,寒山寺正在修建大钟大碑。大碑高16.9米,宽6.5米,重206吨,碑阳镌刻清人俞樾所书的张继《枫桥夜泊》,围绕诗碑,还将建立碑林,陈列古今中外文化名人书写的《枫桥夜泊》或题咏寒山寺的诗与画,以传播寒山寺诗韵钟声的人文经典。同时还将建寒山寺古钟博物馆,展示收集到的古今中外的古钟,以光大钟文化。而寒山寺作为苏州的一张城市名片,打造千年古寺久负盛名的"钟声"文化品牌,云云。读着这样的消息心中如倒了五味瓶,真是五味杂陈。

没有哪个年代、哪个国家可以和当下的国人相比美,这么懂得文化的重要,懂得利用文化的生财之道,而利用文化又这么的淋漓尽致,还所谓"文化搭台,经济唱戏"。

曾经到过一些地方,见到大打故人或历史传说的噱头,大兴土木,立品牌,搞旅游,增加收入。而那些没有掌故传说可用的地方,也想尽办法编造传说故事,更不要说有着一首传唱不衰的《枫桥夜泊》了,还有与它相连的吴越文化的重镇姑苏城,以及城外的寒山寺了。

诗、诗人,诗中的意象;寺院、寺院的钟声,枫桥以及枫桥下的客船,都被当作了所谓的文化元素,构成了今天的寒山寺文化。特别是那钟声,诗人夜半泊舟偶然听到的远远传来的寺庙的隐隐的钟声,那个为很多文人纠缠不清的晨钟暮鼓的寺院,何以会响起的夜半钟声,也成了今天寒山寺的名片,成了姑苏城的名片。而这个所谓的钟文化又与诗人当年夜泊枫桥时的感受、意境和情思有多大的关系,我不知道为此该感到高兴,还是别的什么。

贰·枫桥边

一千多年前的诗人,一次偶然的路遇,一次偶发的诗情,却给后世带来如许的变化,我想,这也是诗人做梦也想不到的。

矗立在枫桥边的这尊钱绍武先生创作的张继雕像,如果有生命,我不知道诗人日夜守护在这个他曾经偶然一过的地方,看着全然陌生的一切,是什么样的感受?

2007 年 9 月初稿,2015 年 11 月修改

烟花三月下扬州

在江南的城市中，扬州的名气一点不比有着"人间天堂"这样名头的苏杭小，或许有过之而无不及。因为扬州有着苏杭一样的市列珠玑，户盈罗绮，一样的竞豪奢，一样的有三秋桂子、十里的荷花，一样的重湖叠巘清嘉。扬州也有着和苏杭一样的，横贯南北的大运河，一千三百多个春秋，南来的、北往的，载过多少客，又载过多少的故事，还有传说。

有人说，扬州名满天下，就是因为当年隋炀帝为了观琼花，开凿的这条大运河，于是，扬州的繁华旖旎随着琼花的芬芳，自此传遍天下。从此以后，扬州成了"腰缠十万贯、骑鹤下扬州"的销金窟，也成了"人生只合扬州死，禅智山光好墓田"的温柔乡。

清朝时，康熙、乾隆二帝数度南巡，都少不了要来到扬州，当地的豪绅争相建筑园林，于是，扬州又有了"园林之盛，甲于天下"的美名。

随着大运河而扬名天下的不只是扬州的繁华旖旎，还有扬州的女子。"扬州自古出美女",这话不知流传了多少年,多少代,是不是扬州的女子颜值就高,我不知道,但可以揣测的是,自此天下的男子应该对扬州多了一份期盼,康熙、乾隆二帝数度到扬州有没有这个原因,还真不好说,毕竟皇上也是男人。

晚唐的大诗人杜牧,就曾勾连扬州十年,也与扬州的女子纠缠了十年,"十年一觉扬州梦",留下许多的诗稿遗墨,不经意间为扬州增添了一抹浓丽的色彩。

杜牧才华横溢,却生不逢时,因为唐朝即将油尽灯灭,他满腹的经纶,却找不到用武之地。扬州的十年,他狎妓饮酒,举杯放怀,逢迎唱和,放浪勾栏酒肆,在诗酒、佳人之间流连徘徊,及时行乐。看似的快乐时光,没有人知道他内心有多么的落寞寡欢。十年扬州,杜牧"赢得青楼薄幸名",但他的七言绝句更是为人称道,有了"七绝龙有逸韵远神,晚唐诸家让渠独步"的美名,人称"小杜",为的是区别"诗圣"杜甫。看看小杜那些氤氲着扬州柔美气息,又缠绕着自我的七言绝句:

赠别二首

其一

多情却是总无情,
唯觉尊前笑不成。
蜡烛有心还惜别,
替人垂泪到天明。

其二

娉娉袅袅十三余,
豆蔻梢头二月初。
春风十里扬州路,
卷上珠帘总不如。

遣怀

落魄江湖载酒行,
楚腰纤细掌中轻。
十年一觉扬州梦,
赢得青楼薄幸名。

寄扬州韩绰判官

青山隐隐水迢迢,
秋尽江南草未凋。
二十四桥明月夜,
玉人何处教吹箫。

…………

  十年扬州,杜牧留下不少诗篇,委婉温情,清新可人,常借历史浇自己的块垒,许多诗令人吟咏至今。就是现在你若漫步扬州街头,也还是会不经意间读到这些诗句。没有哪个诗人,像杜牧这样,因为扬州,留下这么多引人入胜的句子。

贰·烟花三月下扬州

除了扬州的繁华,晚清的扬州画坛也一样的欣欣向荣。著名的"扬州八怪",虽然身处大运河的一端,影响和冲击的却是整个画坛。

"扬州八怪"是清朝中期文化界一道亮丽的风景,像清风划过水面,冲击着当时因因相陈的画坛,波动涟漪。他们的画作冲破陈规,师造化而又表现自己的性灵,有着浓郁的写意风格,笔墨淋漓,意趣生动。在当时,虽然遭遇"正统派"的排斥,甚至被视为左道旁门,但金农、黄慎、郑燮、李鱓、李方膺、汪士慎、高翔和罗聘,却不改一贯的孤傲清高,始终"领异标新二月花",所以才会被人们称之为"怪"。其实,当时活跃在扬州画坛上的,有造诣的画家远不止这八位,他们中的多数人都是以鬻画为生,这在当时的中国极为罕见,或许只有扬州是个例外。有人称他们为"扬州画派"或"扬州派"。

我虽然胸中点墨,又身为女人,但对这锦绣之乡,同样怀有别样的情怀。也许是因为杜牧那些有着扬州独特柔美气息,文辞清丽、情韵跌宕的诗句;也许是因为"扬州八怪"笔下灵动的水墨世界,我没有细想过。但养育了如花美眷,又养育了骚人墨客的淮左名都,竹西佳处,在我,却只在想象中。因为我从未到过扬州,虽然几出几进江南。

戊子春,又要出差江南。江苏的同志预先安排的行程中,又没有扬州。或许因为扬州的盛名,他们不曾想到南北西东游走的人,怎么会没有在这繁华锦绣之地留下足迹?

此次行程的第一站镇江,与扬州只一水之隔,现而今又有长桥相连,我也因此平添了些许的惋惜。幸好临行前修改了行程,加上了扬州，了却了遗憾。

会后的调研，一天一个地方。上午开会，午后赶往下一个目的地。而扬州之行，也是在这样的匆忙之间。

开过会，赶到扬州，已是斜阳树巅。放下行李，即赶往瘦西湖。依我，更想逛一逛那些文人的旧日庭园，多少感受一下他们曾经的情怀。无奈东道主的盛情，到了扬州，哪有不去瘦西湖的，否则岂不白来一趟扬州，而我只有区区的半日时光可供趋遣，恭敬不如从命。

瘦西湖原名保障湖，连接着隋炀帝修的大运河。它是由私家园林，还有隋、唐、五代、宋、元、明、清等朝代的护城河连缀而成，怪不得称作湖，却更像是一条河。但这条河却不同于一般意义上的河，蜿蜒逶迤3公里，一路走过，就像是行进在图画里，景致连着景致，有如陈师曾笔下的那些江南园林小景，一页一页地翻过，令人惊喜不断。不得不感叹当年扬州盐业是何等的鼎盛，那些富甲一方的盐商又是何等的奢华。

虽然时间紧迫，但难得心境的怡然，若不是文人的旧庭园还在前面招手，真想在湖边找个地方，静静地等着太阳下山，暮霭四合，好好感受一下月色灯影里的瘦西湖。

穿过瘦西湖已近薄暮，匆忙中进得何园。一行人，还似先前，在导游小姐的带领下，匆匆前行，穿庭院、水榭，过回廊、楼台。而我慢慢地落在后面，左顾右盼。

何园，又名寄啸山庄，号称晚清第一名园，是由清乾隆年间的双槐园扩建而成。据说，寄啸山庄之名来自陶渊明的《归去来兮辞》中的"归去来兮……登东皋以舒啸，临清流而赋诗"。

何园的第一代主人是同治年间的何藏舠，寄啸山庄是何宅的后花园，所以又称何园。物理学家，中科院何祚庥院士，就是何家的后人。

江南园林以紧凑，步步为景见长，而何园，在此中算得上秀气的了，一榭、一山、一池，东西两园的两座楼也由回廊连为一体。园中的水榭，因为主人曾经的经历而设计为船形，所以称为船厅，单檐歇山式，也带回廊，在旧日的庭院中，很是个性。

在楼前的梁柱上，意外地发现了晚清书法名家何绍基手书的楹联：

退士一生藜苋食；
散人万里江湖天。

字迹宽博浑厚，遒丽端庄，恣肆中透出逸气。何绍基，别号东州居士，道州（今湖南道县）人，人称"何道州"。篆、隶、真、行、草五体样样精通，以行书成就最高。他的行书根植于颜真卿，又融入篆隶草书笔意，圆融天趣，却不失文人气。此联是我所见过的何氏行书中的精品，自是开心，盘桓了好一阵子。

转过楼角，远远地又见山墙上镌刻着"片石山房"四字。正疑惑间，同行的当地人告诉我：片石山房现在仅存遗迹，一般游人是不会注意到的。山墙近旁堆砌的假山，就是传说中出自大画家石涛之手的叠石。有人说这是石涛叠石的人间"孤本"，我没有考证这个传说的真伪，却情愿相信它是石涛的"真迹"，因为石涛也是我喜爱的画家。能够零距离地欣赏偶像的作品，对我来说，是件值得高兴的事。

石涛是个出家的僧人，却是真正的皇亲国戚，俗姓朱，名若极，小字阿长，明朝靖江王朱守谦的后裔，他的父亲朱亨嘉是第13代靖江王，只是石涛不幸赶上了改朝换代，才落入空门，削发为僧。但他并不孤独，因为，在距离他不远的江西南昌，还有一个和他一样出身，姓朱名耷的人，也出家做了和尚；还和他一样，后来也成了声名显赫的画家，朱耷后来自号八大山人。巧的是，两个人又同被列入清初画坛著名的"四僧"中。"扬州八怪"就是继"四僧"之后，崛起的一个革新画派。可以说，没有"四僧"，或许就没有"扬州八怪"，所以潘天寿认为，石涛开"扬州画派"之先。

真不知道石涛和朱耷的命运里有没有宿命的意味。不过，世间虽然少了二个官宦子弟，却多了二个画坛的宗师，这样看来，也算得上是件幸事，或许他们命该如此，只是错投了帝王家。

出家后的石涛法名原济，一作元济；字石涛，号大涤子、清湘老人、瞎尊者、苦瓜和尚等。他画山水，也画花卉、蔬果、兰竹，还画人物，书法也可圈可点。"搜尽奇峰打草稿"的石涛一反当时的仿古之风，他的画重自然之趣，写意抒情，构图新奇，笔墨雄健恣肆，酣畅淋漓，于豪放中寓静穆之气。若是放在今天，不知那些号称"虾王""马王"的"牛"画家们面对石涛这样的多面手画家又会作何感想？

石涛60岁以后，结束了在苏杭一带的漂泊生活定居扬州，他的大写意画或许在这里才有了市场。

何园的假山叠石之妙，虽小却有大气象，山峰耸翠，秀映清池，有奇峻之美，更奇特的是在峰峦起伏的山石中，藏着一个天然洞孔，透着天光，映入山脚下的水池中，竟宛如满月。不知这是苦瓜和尚的匠心独运，还是机缘巧合？无论哪种，都是我所见过的人造景中的奇观了。

据说，何园的主人归隐扬州后，才又购得片石山房的旧址，扩入自家的园林。

何园在抗日战争时期曾一度落入日本人手中，抗战胜利后收为国有，所以今天，像我这样的草民才能有幸来园中逛一逛。

园中树木扶苏，花开年年，梁间的燕子依旧地飞来飞去，却不知早已是斯人已去，物是人非。感慨系之，遂成绝句一首：

> 小楼寂寂日迟迟，
> 穿石天光月映池。
> 燕子何知故人去，
> 飞来还立旧时枝。

扬州徘徊的这半日时光，这个融融的春日的午后，是我记忆中有关春天最温润的记忆。

2008年8月初稿，2015年10月修改

纯净与质朴的诱惑

纯净、质朴，是生活中常见的词汇，使用概率不是最高，也差不太多，就是小孩子也不大会用错。但对于今天的城市人来说，能找到纯净和质朴的感受却是最奢侈的念头。

听一些到过西藏的人说，到了西藏才知道什么是纯净，还有质朴，才知道我们距离纯净和质朴有多远？

我没有到过西藏，无法体会那些出入西藏人的感受，但西藏对我来说，神秘且有着超级的吸引力。若不是担心自己弱不禁风的小心脏，早就想尽办法入藏了。所以但凡是描写那里的文字，或者描绘那里的图画，只要我知道的，一定都会找来一饱眼福。

所以，西藏对我来说，只在印象里。印象里的西藏是距离太阳最近的地方，也是少有的保留着质朴，远离现代文明的地方。阳光、荒原、蓝天、白云，阳光毫无顾忌地裸照着，白云自由自在地飘荡着，那蓝、那白，纯净、透亮。

多年以前，当我知道有一个叫巴荒的小女子，一个人独闯西

贰·纯净与质朴的诱惑

藏,又是羡慕,又是敬佩,她哪里来的这么大的勇气?巴荒将自己的西藏行全记录在一本书里,图文并茂,居然还给书起了一个颇具诱惑力的名字——《阳光与荒原的诱惑》。阳光、荒原对于热爱自然的人来说,诱惑是不言而喻的。那本书,我是躺在医院的病床上,一口气读完的。

当时的感受,超级震撼。在我生活的这个世界,居然还有巴荒这样的小女子,瘦弱得一阵风就能把她吹跑,居然一个人闯荡荒原,在那么一个空气稀薄,人烟稀少的地方,有时几天见不到人影儿,有时周围有生命的只有虎视眈眈的狼群。要是自己有一天也能像她那样游走在洒满阳光的荒原上,一定要好好地感受那份久违的纯净,还有质朴。

对于西藏的向往,绝不是异域风情那么简单,或许是因为我对自然、纯净,还有质朴有着非一般的渴望,或许就像叶文铃说的那样,"世上有许多的感情是说不清道不明的。"(《梦萦南浔》)

久居热闹繁华的都市,要想看到辽阔、明朗的天空,是一件非常奢侈的事。抬起头,城市的天空,就像是被水泥森林分割成一片、一片的拼图,要想看得远、看得辽阔一点儿,那非要上到几十层的高楼顶上,或许才能满足一下小小的心愿。不过都市的天空很难见到晴朗的明丽色,因为不可逆转的城市病正在流行。

都市的天空常常灰雾迷蒙,灰雾就像一个巨大的幕布罩在城市的上空,常令人有一种冲动,想要伸手撕破那幕布,好能呼吸一点儿新鲜、纯净的空气。

今天的城市人对于辽阔的蓝天，还有白云有着一种本能的渴望。

当我知道好友油画家张晓勇，曾只身开车好几次入藏写生，着实佩服加羡慕，好在他说如果愿意，下次我可以和他同行，但是世事难料，他却因腰病再不能开车长途旅行，而我的愿望也就落了空。

丁亥仲夏，我有幸到了青藏高原的另一半——青海，也算了却了多年的夙愿。一切都像想象中的那样，但却比想象中多了真切。尽管是蜻蜓点水的一掠一瞥，但那种真真切切的感受，真切地印在了记忆里。

湛蓝的天空，雪白的云朵，绿色的草场、青稞，还有黄灿灿的油菜花，清澈见底的溪水，明丽的阳光，脑海中满满的影像，却可以抽离概括成四个字，那就是纯净透明。那种纯净透明不同于记忆和想象里的，也不同于华丽辞藻和艳丽的色彩描摹的，因为那种纯净不染一丝的尘埃，直到人的心底。

青海，青色的海，蓝色的海洋。这个地处高原，远离海洋的内陆省份，却有着这么一个以海命名的名号，着实让人好奇，却原来是因为它的腹地上有一泓蓝得令人心惊的湖水，那泓湖水名叫青海湖，又叫"措温布"，是藏语"青色的海"的意思。青海湖在国内，可是排名第一的内陆湖泊，也是国内最大的咸水湖。

青海湖的蓝，不知道是湖的本色，还是倒映了天空的蓝，无论光景如何变幻，色彩是深是浅，那蓝，都纯净透明，宛如上乘的蓝宝石，晶莹剔透。

贰·纯净与质朴的诱惑

青海这块土地上生活着 20 多个民族，都有着一样质朴的性情。人们熟悉的民歌"花儿"，亦称少年，就是这里流传的一种热辣辣的情歌，自然纯情质朴。每年的农历四月到六月，生机盎然、百花争艳的河湟谷地一片翠绿，花儿演唱会也像春草蔓延，相继开唱。

虽然我们没有赶上花儿演唱会，但却有幸和藏族、蒙古族、土族、撒拉族的歌手相伴旅途，一路之上歌声不断。我从来没有听过这么纯朴，又这么嘹亮的歌声，如行云流水，就像是从心肺间自然流淌而出，高亢辽阔就像脚下宽广无垠的高原，回荡在山谷间，竟有一种撕帛裂魄的穿透力和感染力。尤其是婉转啼莺的土族花儿小调，抑扬婉转之间，那么自然，那么真挚，又那么朴素，让你知道什么叫作余音绕梁，三日不绝。这就是原生态歌声吧，纯净质朴中没有一点的矫揉造作。

牛羊散落在河谷山坡，自由自在，就像珍珠玛瑙散落在清溪绿草间。当地的朋友风趣地说，这些牛羊吃得都是绿色食品，喝得都是矿泉水。这话我信。

对于这片雪域高原，自然纯净是随处触手可及的，而于心灵的纯净，却是只有用心灵才能感悟得到。

青海湖之行，我们坐在大巴车上，和这里正在举行的环湖自行车赛的车手一样，沿着青海湖徐徐而行。窗外的风景，就像当年的王子敬行走在山阴道上，应接不暇。

忽然，静止的风景中嵌入了一个僧侣的背影，孤零零的一个人，磕着长头。烈日悬在他的头上，一辆辆汽车，一个个自行车赛手疾驶着掠过他的身旁，这一切对他仿佛是空气，全然不存在，他只专注在自己的修行里，不疾不徐，从容地磕着长头，一个又一个，缓缓地向前。

我对宗教没有研究，所知也不多，曾在一些藏传佛教的寺院里，见过磕长头的僧人，但像这样偶偶独行在漫漫长途中的朝圣者，我还是第一次见到。据说，在通向拉萨的交通干道上，像这样的朝圣者不计其数，他们往往需要数月几百个风雨日夜，才能到达他们心目中的圣地——布达拉宫。更让佛门外的人想不到的是，如果路遇障碍无法行礼，他们会记录下距离，事后，一定会补上所欠的距离。

没有人知道，这个孤独的朝圣者需要多少时日才能完成这一次的礼佛；也没有人知道，他一生要经历多少次这样的朝圣。我不知道他的年纪，只是从他被过强的紫外线照射而皱褶迭起的黑红脸膛上，判断他该有一把年纪，却还如此地心无杂念，执着地坚守着自己的信念。这真诚执守就像这里的蓝天，蓝天中的阳光，阳光下的白云，纯粹得不含一丝一毫别的什么。

我无法用语言描述自己看到这一幕时的感受，却有一种情感，漫溢心头，那就是感动。这一刻，我知道自己对纯净，还有质朴的认识，又有了别一番的理解。

原刊于《青少年书法报》2008年3月6日，
2015年12月修改

叁

写意的宋朝

——过把穿越瘾

现时流行一个词叫穿越,流行一种影视剧叫穿越剧。可能是穿越剧看多了,或者唐诗宋词读多了,宽袍大袖,拄杖扶黎,手挥五弦的高士,蓑衣钓叟樵夫画多了,总有一种冲动,想要穿越。问题是,我该穿越到哪儿呢?

这是一个不小的问题。

穿越到唐朝吧,那是一个气度非凡,有着宏大气象,博大胸怀的朝代,再说了,那时的女人地位高啊,有中国历史上唯一的女皇则天,还有才高八斗的女政治家上官婉儿,据说有井水的地方就有诗和诗人。可总有一种说不清的感觉,那个朝代什么都有点过。

穿越到魏晋吧,那个时代人人都张扬个性,特别是那些舞文弄墨,吟诗作赋的士人,不像现在的读书人个个都拘着、装着,可以随意任性。可那个时代三天两头会打仗,任性是任性,但是生命常常会受到威胁。

还是穿越到宋朝吧。那是一个崇尚文化的朝代,是文人地位最高的朝代。特别是像我这样的书画家,据说也可以像读书人一样凭借绘画才能考取功名,享受俸禄。相传那个蓝眼睛、高鼻梁的英国著名历史学家汤因比曾经说过,如果让他选择,他愿意活在中国的宋朝。这个说法得不到证实,还有人说是误传,但能传得有鼻子有眼儿,说明了大宋王朝不一般。这从研究历史的大学者陈寅恪那里得到了印证,陈先生认为:"华夏民族之文化,历数千载之演进,造极于赵宋之世。"

自从宋太祖赵匡胤凭借如簧之巧舌,在酒桌上三言两语,让那些曾经叱咤风云为大宋王朝的建立立下汗马功劳的武将们自愿交出兵权,这个朝代就开始了温文尔雅的节奏。

虽然那时边关常常吃紧,异族兄弟常常兵戎相见,攻城略地、烧杀抢夺,但那个朝代的经济、文化教育,还有科学创新在中国古代历史上都是顶呱呱的繁荣时期。我们今天的纸币就是始于宋朝,宋朝的交子可是世界上最早的纸币。中国人津津乐道的古代四大发明,有三样都是宋人的科技成果,只可惜那时没有国家科学技术奖。据说,宋朝的造船水平是当时世界顶级的,造船的核心技术水密隔仓,后来还是在元朝被那个以旅行著名的意大利人马可·波罗偷偷带回欧洲的。

那个朝代有多繁华,看看界画大师张择端描绘当年东京汴梁的《清明上河图》就可略知一、二了。

经济、科技我不大懂,虽然距离我的生活不太远,但离我的兴趣远了些。还是说说我熟悉,感兴趣的吧,比如文化艺术,比如教育,当然,我也不是专家,不敢说知之多少。

宋朝政府重文轻武的风气达到了极致,据说殿试中的进士都可以直接授官,不需要再经"组织部门"考核,所以坊间流传

"好男不当兵""学而优则仕"。金石学、方志学、理学也就是新儒学、文人写意画等等都有开创之功,彪炳史册;史书、山水画,文学中的词、散文、话本……创作全面丰收,名家辈出,特别是史学占据着中国古代文化发展史的制高点。

宋词,那个读了让人落泪,让人柔肠百转,让人豪气冲天的长短句达到了全盛,今人编辑的《全宋词》就收录了约 20000 首,词人达 1333 家,不知道还有多少词和词人湮灭在历史的烟尘中。古文运动画上了句号,文学史上著名的唐宋散文八大家,有六位生活在宋朝。

再来看看教育,教育是国之根基,是未来。宋朝的教育值得点赞,官学、私学规模空前,中央、中央各部门、地方,以及私人办学开书院蔚成风气,要不宋朝的文化科技经济何以如此的昌盛。曾经有幸到过河南登封的嵩阳书院、长沙的岳麓书院,感受过那里的人文气息,这两个书院都是宋朝的私学。特别是岳麓书院历经千年,花发年年,枝繁叶茂,早已发展壮大成了"官学",就是现在的湖南大学。中国历史上有四大书院之说,其实,这四个书院也称宋朝四大书院,四大书院中就有嵩阳书院和岳麓书院。私学如此发达,官学可想而知。

令人惊奇的是在众多的办学科目中还有书学和画学,宫廷中还设立了翰林图画院,应该和现在的国家画院差不多吧,只是那时候的画家是要经过考试选拔方可入院。画家的地位空前绝后,连皇帝都笃爱丹青,徽宗皇帝帝业不守,却成一代花鸟画大师,他的儿子高宗皇帝继承其衣钵,拿帝业当儿戏,也成了书史留名的书法家。难怪宋朝的书画艺术如此的辉煌灿烂,大师辈出,名作迭涌。

那时的绘画无论山水、花鸟，还是人物画都有着浓郁的文人气，有着写意的精神，意韵悠长，就是院体画也清雅脱俗，今天的人只能望其项背。北宋的李成、范宽、郭熙、郭忠恕、李公麟、张择端、苏轼、文同、米芾米友仁父子，号称"南宋四家"的李唐、刘松年、马远和夏圭，还有徽宗皇帝赵佶……这一长串的名字个个都是后来的美术家仰慕的对象，他们的墨迹至今还是中国画学习临摹的范本。

宋朝书法虽然不是书法史上的发展高峰，传世的书法家也不是最多，但一举手、一投足自有其风流雅韵。苏东坡、黄庭坚、米芾、蔡襄四家也都是书法史上的重镇，他们的书法虽然各有各的面目，但却有着共同的审美意象，颓然天放，适意达情，特别是那些随手而书的书信、手札、诗稿，轻松自然，俊逸洒脱，令人赏心悦目，回味不尽。

还有我喜欢的宋版书、宋瓷，这些实用工艺，也文艺范儿十足，也最能体现宋人的审美、匠心，还有品位，简洁朴素大方，绝少烟火气，厚重典雅……

宋朝的文化艺术绝对的"高大上"，有一种后人难以企及的大朴大雅，它从雄壮、张扬的唐朝走来，退去了繁华与热闹，唯留朴素、含蓄与温婉，佐以写意的精神，那词、那文、那画、那书，还有那瓷器，自然雅致得就如同茶汤上飘散着的香气，淡淡的却沁人心脾，那种感觉只可意会，不可言说。

如果突然降临在宋都开封的街道上，会是一种什么样的感觉？周遭的店铺里，不是钧窑、汝窑，就是定窑、哥窑的物件，要知道现在民间连一个瓷片踪迹都不易寻得，遑论完好的器物，那可是价值连城的宝贝;随便一本书都是竖排大字简洁大方的宋版书,现在的拍卖行可是一页一页来拍卖的;随便一封书信、一个诗稿,都有可能成为传世珍品,就像苏东坡的《寒食诗帖》,米芾、蔡襄的那些书信手札,一下子掉进古董堆里会不会慌乱无措,顿失欣赏的感觉呢。

若是迎面碰到一个读书人,就算不是像苏东坡、欧阳修那样的大文豪,不是柳三变、辛弃疾那样的大词人,可彼时的读书人腹中的诗书远比现代人多得多,就算张口不是"大江东去,浪淘尽,千古风流人物",也会是"古今多少事,渔唱起三更",或者"一室秋灯,一庭秋雨,更一声秋雁",以我的这点三脚猫的功夫,真要搭讪会不会露出马脚。

真要穿越到宋朝,我该落脚在哪呢,又能是个什么角儿呢?这才是最最要紧的事。

女人在那个朝代虽然不像明朝女人被礼教害得那么惨,但在一个男人掌控的社会里,女人是没有产权的,只能是男人的附属品,哪有资格在社会上出头露脸。毕竟大宋王朝像李清照这样的绝世才女,又能得到认可的也是凤毛麟角,就连清照才女也只能宅在家里,更何况她的出身,她的才情又岂是吾辈比得了的。不管怎样,在当下,在家中,上不上厅堂,下不下厨房,是宅是出,还是自己说了算,自己挣钱自己花,还可以时常小任性一下。想想,还是梦游来得方便、实在,穿越的事就算了吧。

原刊于《中国文化报》2015年3月8日

有"癖"的生活

清人张潮提倡有"癖"的生活,他说:"花不可以无蝶,山不可以无泉,石不可以无苔,水不可以无藻,乔木不可以无藤萝,人不可以无癖。"(《幽梦影》)

人若无癖,就像花没有蝴蝶的眷恋,再艳丽繁盛也会寂寞;山没有泉水的滋润,再雄伟也没有灵气;水没有苔藻的点缀,再清再深也会少了韵致;树木没有藤萝的缠绕,再高大也会孤独。

人无癖,生活就会了无生趣。

不过,张氏这话显然说的是吃穿不愁有钱又有闲的人。不然,一个吃饭穿衣都成问题的人,哪还有闲心蓄养癖好。有"癖"的生活是要有一定的经济基础的。当然,张氏所说的癖好都是上得了台面的雅癖,绝不是吃喝嫖赌之类的恶好。

张潮的"人不可以无癖"论,代表了文人的一种情怀和追求。他的这句名言在文人圈里得到了共鸣,文人的许多怪癖,许多任性,都因此有解了。无癖称得上文人吗,就好像今日的所谓的艺术家不着个奇装异服,不整个长发就不够"文艺范"

儿一样。

所以，有"癖"的生活在文人那儿演绎得最为活色生香，也最是令人津津乐道。

若论文人的有"癖"生活还是要说旧日文人，至情至性远胜今日之人。比如东晋王子猷爱竹，就爱得不同凡响。他的住所周围一定要竹林环绕，就连临时借住别人的房子，也不怕麻烦一定要栽种上竹子，他好能每天站在竹林之下吟诵歌唱。

据说，当时吴中一个士大夫家有一片竹林，子猷闻名前去观赏，到了竹林只顾自己沉醉吟咏，全然不理会洒扫庭院待客的主人。直到兴尽欲归时主人才和他说上话，他依了主人的挽留停住脚步，目光里却还是只有那片竹林。

有人不解子猷何以如此的爱竹，他道：此君高尚无比，怎可一日无此君！

爱竹的子猷还很任性，话说他雪夜访好友戴安道。

这雪夜访友，本没有什么稀奇，稀奇的是子猷一夜行舟，好不容易才到达目的地，天都亮了，他却调转船头原路返回。

这事搁谁都想问个明白，所来何为？听听子猷的回答，他说：我本乘兴而行，兴尽而回，何必再见戴。

子猷的行径若是放到今天，怕是很难找到知音，再任性的人也会认为他不是有病就是矫情。可这就是彼时文人的性格，在乎的是自己内心的感受，而不是你我他约定的世俗人情。

子猷的老爸"书圣"王羲之爱鹅，也爱得至情至性，还被隆重地记入了史书，"鹅池"也成了他故乡的地标，至今还受人"朝圣"。

兰堂偶记

一个孤居的老太婆养了一只鹅，会打鸣，就想用它换钱却没有卖出去，王羲之听说后带着亲朋好友兴致勃勃地前去观看。那承想，老太婆听说大名鼎鼎的王羲之要来，一高兴便将鹅宰了招待他。这对爱鹅爱到骨子里的王羲之来说，不是挖心挖肺吗，由不得他终日地唉声叹气。

有山阴道士知道王羲之爱鹅，便欲用一筐鹅换他抄写《道德经》，羲之欣然接受了交换条件，抄写完毕带着他那一笼子鹅，高兴而归。这事若是搁在今天能不能成交就很难说了。

爱鹅的王羲之任起性来一点儿不比子猷逊色，"东床坦腹"这个典故说的就是他。

当年掌管军政大权的郗太傅，想找个乘龙快婿，便派门客拿着自己的亲笔信去王丞相府选婿。王丞相让门客去东厢房任意挑选。

王丞相的子侄们个个优秀，生在官宦之家，自然清楚郗太傅在当世的分量，听说他选婿，都故作姿态以示不凡，只有东床上的王羲之露着肚子躺在那儿，那神情就好像没听到有这回事儿似的。个性同样不一般的郗太傅，偏偏就选中了他这个傲慢又有点无礼的毛头小子。

自此"东床坦腹"成了乘龙快婿的代名词，还编进了辞典里。

东晋的另一个文人、大隐士陶渊明爱菊爱得深切，以菊为伴，又以菊为友，被人奉为"九月花神"。

如果说魏晋的时候，不停地打仗，人的性命堪忧，文人由对外追求转而个性的释放，好玄学、好清谈，纵酒狂歌，散发山阿，白眼向权贵，折齿为美人……讲究的是姿容神韵，只求惊世骇俗，出个尖儿拔个份儿，风流潇散，不拘礼节还可以理解。但文人地位不低的大宋王朝，文人一样的由着自己的嗜癖疯长，比起魏晋人来有过之而无不及。可见文人至性的有"癖"生活是不分时空的。

宋朝的大隐士林逋名声很响，就是因为他好梅爱鹤，但他可不像王子猷和陶隐居那样只当梅、鹤为友，而是当作家人，号称梅妻鹤子，绝不移情他恋。

林逋隐居杭州西湖孤山，过着优哉游哉的闲适生活，常驾着小船游访寺庙，与高僧诗友你来我往，唱和往还，诗作却随就随弃，从不留存，淡然如此，还真令红尘中的人瞠目。

这样一个布衣，一个隐士偏偏得到了许多光环，活着的时候，真宗皇帝赐他"和靖处士"，死后仁宗皇帝又赐谥"和靖先生"，荣耀过世间多少手持笏板的官员，更是羡煞多少尘缘中的人，此是题外话。

再说说宋朝的另一个文人，大书画家、鉴赏家米芾的有"癖"生活，更是精彩绝伦。米芾好收藏，特别喜爱石头，痴迷沉醉，不亦乐乎。

自古至今，不要说文人爱石者多了去了，就是生活在高楼汽车数字化的当下人也不在少数，但像米芾那样疯狂的痴迷爱法还真是难寻第二个人。旁人见到喜欢的石头最多想着怎么归为己有，米芾则不然，他见到心爱的石头就像见到了心爱的人，见到了敬重的人，必须行跪拜之礼不可。

话说米芾曾在官任上，见到衙署内有一块立着的石头十分奇特，高兴得手舞足蹈，立马换上官衣官帽，手握笏板，就像朝堂之上跪拜天子一样跪拜这块石头，口中还连称"石丈"。还有一次，米芾听说城外河岸边有一块奇丑的怪石，便命令衙役移进州府衙内，米芾见过石头，跪地便拜，连连惊呼：我想石兄二十年了！

更有甚者，米芾得到一块形状像峰峦的端石砚山，爱不释手连睡觉也要抱着，生怕被别人抢走似的。

米芾整日痴恋石头，自然影响公务，他也因此好几次遭到弹劾贬官，但照旧的痴迷，谁要想从他这拿走一块石头，那比登天还难，他可是视石如命的主儿，怎么可能随便把命给人呢。

有癖如此，又任性如此，匪夷所思吧，但这就是旧日的文人，至情至性，爱得痴癫，爱得纯粹，也爱得透亮，爱得有诗意。这样的生活令人艳羡，令人向往，但并不是什么人都能爱得这么敞亮，爱得这么没有顾忌，还这么有诗意。

尘世中的寻常之人也有自己的有"癖"生活，只是寻常之人的爱好，不像文人那样爱得不管不顾，爱得那样沉醉，但寻常人的有"癖"生活更鲜活，更接近你我他，也更多姿多彩。比如栽花种草、喂鸟养鱼，比如钓鱼爬山、集邮淘宝；有喜欢收藏字画的，也有喜欢倒腾古玩器物的，有喜欢茶道、花道，弄个香、玩个烟斗的，也有喜欢淘个饰品、鞋子、包包什么的……

我喜欢淘换杯盘碗盏，案头文玩，不求价值多少，只要自己喜欢。空闲时摆弄摆弄案头几上的陈设，擦拭挪移，变换风景，便觉无限欢喜。虽然这些与旧日文人的癖好不可同日而语，也没有他们那么执着沉迷，但也一样享受着沉浸其中的快乐。

生活多了内容，多了乐趣，自然就少了鸡毛蒜皮的计较。

想一想，若是人人都过着有"癖"的生活，那么人世间会不会温暖很多。

微信中常有"问佛"的段子，不知出处，常借佛之口劝诫俗世中的人"破执念"。私心以为这"执念"不是凡尘中的蝇营狗苟的纠缠，就是为情所惑的偏执，绝不是张潮提倡的有"癖"生活。

其实，张潮的有"癖"生活论，不只是文人的专属，而是汉文化圈崇尚的一种生活态度，一种生活方式。林语堂认为这样的生活方式才够艺术，才够诗意，所以他写《生活的艺术》向西方人推介。《生活的艺术》在美国一版再版，说明这种有"癖"的生活方式也让洋人感兴趣。

原刊于《中国文化报》2015年5月17日

甲午春日杂记

早　春

　　行走在街上，风是暖的，天是蓝的，很久没有这样风清日暖的日子，心情不由豁然了许多。蓦然发现街角的迎春枝头竟是黄花朵朵，春天就这样不经意间来了。

　　我一直不知道春天最早的消息在哪里，又是什么时候？但我知道春天最早的消息是从南一路向北。

　　一直生活在北方，所以春天的记忆中只有北方。

　　北方的早春与冬天的分界线不是很明了，经常是人还裹在厚厚的冬装里，忽一日，天暖了，远远地地皮泛着绿意；再一日，路边的迎春开了，冬装穿不住了。若天气晴朗的午后日头当空，走在街上还会感到些许的燥热，直想要脱去外面的大衣，就像今日这个午后的阳光下，真的有换上春装的欲望了。

　　不过，北方的春天有点像小孩子的脸，说变就变，乍暖乍寒，让人春装刚欲上身，一场寒流又不得不再套上厚厚的冬装。所以，北方人都知道春捂秋冻的道理。今日阳光丽日，风平浪静，说不定明日就会寒风大作。说来好笑，曾经令北京人头疼的，除夏日之外，还带着寒气裹着灰尘沙石的西北风，现如今却又让北京人心心念念地盼着它来，只因为它有一扫灰霾雾气的能力，有个电影名叫《等风来》，这三个字正是现在北京人的自然生存状态。

猫了一个冬天，突然沐浴在暖融融的春光里，又是这样一个没有雾霾难得的晴朗天，心境就像荡漾着的春风，沉醉。

沉醉来得这样突然，不免心生喟叹：时光匆匆，太匆匆！何以竟是这样的没有顾忌，大步流星，让人还未及从萧索的冬日里缓过神来，一个新的季节又开始了。

是时光匆匆，还是自己太过匆忙只顾低头赶路，不曾留意途中的风景，还有那些美好的瞬间。花是什么时候开的，又是什么时候落的？上一次花开的时候我在哪里，又在做什么？可曾留意过花开时的美丽，还有芬芳？

一直以为幸福在远方，在可以追寻的未来，慢慢才发现，其实，幸福就在身边，是那些拥抱过的人，握过的手，流过的泪，唱过的歌，读过的书，爱过的人，路过的风景……所谓的曾经。只是你没有留意，就像这些年年落了又开的花。

时光一直往前走，财富权力，在它面前毫无意义，即使倾其所有也没有办法获得一分一秒额外的光阴。所以人有了争分夺秒的欲望，忙忙碌碌就像一个行者，始终在路上。然而，时光给你带来的震撼，不只是四季的更替，心力的衰退，额头的白发，眼角的皱纹，而是突然之间你发现，一些人、一些事，已经和你再也不在一个世界，无缘了，只空余遗恨。街边的花，还有小草依旧迎着春风,一岁一枯荣。

忽然想到一句话:人生是本书,翻的不经意会错过许多美好,读得太认真,会流泪。

即使流泪,也好过不经意的错过,何况冬天去了,春天来了。这是甲午二月里的某一天。

暮 春

休息日,依旧的早饭后出门去画室。行走在路上,柳絮飞飞扬扬随风而舞,旧花谢了,新花又开,繁盛地缀满枝枝丫丫,微凉的风拂过脸颊颈边,竟有些出神。不为这满枝姹紫嫣红的繁花,也不为那丛边树下忙着拍照留念的红男绿女,却只为这飘舞着的柳絮。

"又是一年吹又少",不知道有没有谁会留意它,会记忆它,哪怕只是瞬间的凝眸。

世间的事物万千,而令人挂怀的大多是绚烂,是繁华,是热闹,却鲜有人留意寻常朴素,或者繁华过后的萧索寂寞。就像看一部影视剧,观众关注的多半是主角,那些小角色,即使出彩,也往往会被人忽略。这春天的主角毫无疑问是那些恣意任性地开着的花花草草,哪会有人把目光放在这柳絮上,更何况它还那么无趣,随意飞,随意落,还有那么点儿不讨人喜欢。

然而,柳絮在诗人的眼里堪比雪花。它飞舞的时候,正值春杪,它是在用生命祭告着春天。

柳絮的生息不过转瞬之间,但它过后却是生命蓬勃的延续。

它的谢幕有些凄美,也有些浪漫。它离开母体在空中盘旋着、飘舞着,恋恋不舍,似乎在用最后的气力向母亲告别,那份不舍也令人动容。

春要尽了!

北方的春天,来得突然,走得也突然,让人感觉它好像就不曾来过。

春天在北方就是这样短暂,短暂得似是眨眼之间,这还是留意春天的人的感觉。而那些忙碌不停,不知今夕何夕的人,很可能没有感受到春天,由冬直接入夏了。

暮春时节草长莺飞,是踏青的好时节,却总有那么点美人迟暮之憾,最是让人伤怀。一千多年前的永和九年,那个暮春之初的上巳节,右军将军王羲之一声叹息,至今尤令人慨慨然,"向之所欣,俯仰之间,已为陈迹"。(《兰亭序》)昨日还盛开枝头的繁花,今日就成了残花落英,又怎能不令人感时兴怀呢。

不知上巳节的江南,有没有柳絮飘舞。

右军与他的名流朋友们,在当世是何等的风光,又是何等的任性。他们汇集会稽山阴的兰亭,为的是行修禊之礼,祓除不祥。曲水流觞,饮酒赋诗,一觞一咏,畅叙幽情,愉悦之情就像惠风和畅的暮春天气。右军将军乘兴为这些吟咏的诗集作着序文,他意兴遄飞,洋洋洒洒,笔锋却突然一转,由激昂的旋律转而忧伤的散板,繁华总是要尽的,就像这热闹的聚会总是要散的。

右军说,"每览昔人兴感之由,若合一契,未尝不临文嗟悼",又说"后之视今,亦犹今之视昔。"

这就是人生。

人的生与死,是谁也改变不了的既定,就像四季的轮回,日夜的更替。有人说,从生到死,不过是一场梦的距离,有时漫不经心的一个沉醉,便是你人生的所有意义。

一个人的一生最长不过百年,像黑夜会来临一样,死亡也会随时不约而至,俨然冬天无法阻挡住春天的脚步一样,旺盛的生命也遏止不住死亡的莅临。所以右军感慨:"修短随化,终期于尽"

曾经读过一篇文章题曰"爱很短,人生很长",而我却以为人生很短,爱很长。在这个世界上,每个人都不是"永久的房客,而是过路的旅客",漫不经心也好,刻意追求也好,你若要快乐幸福,唯一的选择就是在你活着的时候,好好地活着,好好珍惜你的曾经。

不过,感时兴怀的人,往往都是经历过岁月,有了一把年纪的人,就像彼时已知天命的王右军,还有此时已知天命的我。因为年轻人是时间的富翁,他们最不缺的就是时光,好像永远不会老去,什么都可以从头再来。就像当年青春年少的我多么盼望自己快些长大。

春要尽了,炎炎的夏日不远了,下一个柳絮飘飞的时节,我是否会记起今日走过的这一程?

这是甲午三月里的某一天。

原刊于《中国文化报》2015年4月12日

一 心

最近心中总是飘着一个词儿——"一心"。"一心"在辞典中释意为"专心",也就是心无旁骛,专心致志的意思。

叶圣陶说弘一法师"一心持律,一心念佛"。半生修净土,研戒律的"弘一法师",是对"一心"最好的注解。

虽然一直执念于"一心",却一直放不下许多,不是经不起诱惑,也不是没有宗教的虔诚,而是没有足够的胆量去"一心",说穿了,是没有自信。

说到"一心"总会想到一个人,那个几乎半生只做了一件事的怀仁和尚,集王羲之的书法,为了一本佛经。这个故事发生在一千多年前的唐朝初年。故事很老了,故事的主人公后人知道的也不多,只知道他住在长安的弘福寺,擅长王羲之书法,相传是王羲之的后人。不过,我们可以设想一下,如果当时的他只是个默默无闻的和尚,对王羲之书法的研究不是高人一筹,当年那个由当朝皇帝、还有皇太子写序,印度取经归来的玄奘法师翻译经文的《大唐三藏圣教序》立碑上石,这么重要的佛事也不会落在他身上。

《大唐三藏圣教序》虽然是佛家著作，但学习书法的人没有不熟悉它的，它还有一个名字《怀仁集王书大唐三藏圣教序》，洋洋二千多字，全凭流传的王羲之书法集字而成。

这样的一个佛教盛事，如何不找当朝的大书法家来写，非要集王羲之的字，这听起来多少有些不靠谱。不要说仙逝了二百多年的王羲之，书法作品还能找到多少，单说这二千多个字，找、拼起来哪有那么容易，何况那个年代没有现在的数字影印缩放技术。再说零散的字凑成一篇，还要浑然一体，毕竟书法作品是要讲求章法的。

原来当朝的万岁爷唐太宗酷爱王羲之的书法，不仅自己学习，还要求臣子们也学习。一时间，王书洛阳纸贵，风靡天下。这么隆重的佛家盛事，如果选用王羲之的书法立碑，皇上高兴子民也开心，皆大欢喜的事，和乐而不为。这个光荣而又艰巨的任务交到了怀仁和尚的手里，而怀仁真的就不负重望，圆满地完成了任务，开创了唐代"集王书"的风气，也开了书法史集字的先河。

这是一个怎样的任务？毫不夸张地说，这是一个浩大的工程。《圣教序》不仅字数多，而且字多有重复，有的甚至重复多遍。要避免雷同，又要照顾章法，工作之浩繁，是常人根本就无法想象的。现在影印技术的发达，购物的便捷，让学习书法的人分分钟就可以拿到一本印制精良的《怀仁集王书大唐三藏圣教序》，而怀仁为此却耗费了整整25年的光阴。

25个春秋，怀仁一心搜集整理王书，集字圣教序，在油灯、刀剪、浆糊的年代，全凭一双手，还有不一般的毅力。试想，如果没有足够的自信，怎么能够揽下这么艰巨的任务，如果不是"一心"，又怎么能够顺利完成。

据说，人们看了怀仁集字圣教序全文以后，没有不为之震撼的，简直就是巧夺天工，浑然天成。可能连怀仁自己也没有想到，他集王书的《圣教序》堪称一部王羲之行书字典，因为它基本囊括了王羲之行书的字迹，为后人学习和研究王羲之的书法提供了方便，时至今日，研习行书的人，大多选择它来做范本。

一个人一生能做好一件事情，是很不容易的事，要把一件事做到最好，就更不容易，就像怀仁和尚。常常感叹昔时那些民间寂寂无闻的手艺人，能把手艺练就得炉火纯青，是怎样的"一心"笃定，才能日复一日，年复一年地重复着一件事情，终其一生把它做到最好。

然而，今日之人却越来越难"一心"，虽然许多人每天都在微信、微博里传颂种种的"心灵鸡汤"，却依旧的忙三忙四，心猿意马。

活在信息世界，互联网、飞机、高铁时代，互联网+思维，复合、跨界，信息多到爆炸，欲望过剩，选择过多，人们手下的活计自然难经得起岁月的淘洗和打磨。

常常地想，今天的人还能享用前人留下来那么多灿烂的文明，还有那么多文化的艺术的建筑的工艺的老物件，可供我们欣赏学习，而我们的后人呢，他们还有没有这样的福气？当我们老去，留在身后的是些什么？在我们手中还能不能出现那种经得起岁月，经得住细心打量、慢慢品味的东西。"一心"，一生做好一件事的

兰堂偶记

人就像濒临绝迹的物种，留在记忆里的似乎也都是前尘往事。

但是，还是有那么一些人，静静地守着自己的一方天地，认真地在做事。

曾经读过一篇文章说到台湾的一对父子，每天快乐地经营着一个红豆饼摊，认真做饼，笑脸迎客。做父亲的没有想过儿子应该到饼摊外的世界走走看看，做儿子的也没有想过离开这个盈米的饼摊，就这样，父子俩日日快乐地做饼卖饼。其实，每天饼摊前长长的队伍，翘首望着饼锅，唯恐买不到的顾客，就是他们存在的价值。

台湾导演侯孝贤用七年的时间，慢火温炖电影《刺客聂隐娘》，一出深闺便引四方侧目，口碑爆棚，戛纳斩奖。

写诗的晏园先生早已是名冠南北的书法家了，公务之外却天天闭门三四个小时临帖，魏晋唐宋元的经典碑帖临了个遍，而且往往上百通。令人惊讶的是风格迥异的楷书、魏碑字帖他都临得惟妙惟肖，居然还难为自己大字写成小字，小字写成大字。每日用毛笔写日记、抄书，在他只要写字手中执的一定是支毛笔，在当今书法界执念如此的，我不知道还能不能找到第二个人，就是旧时的书法家这样遍学诸家的也不在多数。

这个夏天来临的时候，终于给自己做了一个决定：一心做自己喜欢的事情。而当放下许多，忽然发现身边还是有"一心"的"同志"，再看这个世界似乎也不那么匆忙，也不那么拥挤。

原刊于《中国文化报》2015年10月18日

退　谷

写过许多品鉴书画的文字，常遇到一个人和一本书，孙承泽和他的《庚子销夏记》。后来校订整理《中国书法家协会考级理论教材》，又校改《北窗夜话·兰堂品读》，再一次与孙公承泽和他的《庚子销夏记》相遇。

孙氏，字耳北，一作耳伯，号北海，又号退谷、退谷逸叟、退谷老人、退翁、退道人，山东益都人。是由明入清的士人，著名的收藏家；收藏之外，还是行走朝堂的政治家。

除了品鉴前人书画的《庚子销夏记》外，孙氏还著有记录北京地方史料的《天府广记》《春明梦余录》等数十种著作，都很有价值，影响至今。

孙公的宅子称作孙公园，就在北京城南，据说当年占了大半条街，所以，宅前宅后的街名都冠以孙公园，称作孙公园前街、孙公园后街。园子里面有研山堂、万卷楼、碧玲珑馆等，虽不知其中的景致如何，单这名字，就透着一种诗意，一种雅致，令人浮想联翩。当年以隶书名世的朱彝尊就曾集孙氏的句子来

兰堂偶记

赞他和他的研山堂：

> 图书留客少，
> 花药闭门多。
> 兴每耽丘壑，
> 衣从挂薜萝。

幽静，花气，纸墨书香；闭门谢客，读书著述，一堂之内，自然丘壑风物皆有，典型的文人卧游生活。仅仅二十个字便道尽了研山堂的情形，还有它主人的生活况味，着实让人感叹汉语的魅力。

偌大的孙公园今日虽然只余个把遗迹，但孙公园前、后街依然还有，后街上还有一所称为孙公园的小学。走在这两条街上还可以依稀捕捉到点点儿的古老气息，还有历史感，只是不知道随着城市建设的扩张，这一点点的遗迹还能不能保存下去。

作为朝廷命官，孙氏和书法史上书艺显赫的王铎一样，也是个贰臣。孙氏明崇祯四年进士，官至刑科给事中、四川防御使。入清后，他任清廷的吏部左侍郎、都察院左都御史，据说极受多尔衮的宠信，仕途顺利。都说天有不测风云，伴君如伴虎，风顺帆正的孙氏却因题奏保举大学士陈名夏担任吏部尚书而引祸上身，令当时的顺治皇帝犯了猜忌，认为他别有企图。

因此，孙公行走朝堂的日子不好过，只好"引疾乞休"，远离庙堂，隐居京城西山的樱桃沟，专心著述。这时的他改号退谷，退谷逸叟、退谷老人、退翁、退道人。西山的樱桃沟从此也跟着他多了退谷的名号。据说孙公园中的研山堂也是这时候的建筑，记录着他隐居著述的时光。

"退谷"乃山谷名，是湖北武昌西樊山与郎亭山之间的一个狭长山谷，三面环山，一面临水，谷底幽邃，风景优美，四季如春。唐代文学家元结曾与他的好友孟士源一同归隐谷中，诗文酬唱，著书自娱，他们给山谷取名"退谷"，元结为此还作了一篇《退谷铭》。后来"退谷"就成了退老、归隐之所的代称，孙公辞官还家，改号"退谷"，其意不言自明。

试想，孙公若不是遇到挫败，他会"引疾乞休"吗，那44卷本的《天府广记》和70卷本的《春明梦余录》还会问世吗？

人生际遇充满了偶然性，但偶然之中似乎蕴含着必然。

孙公的选择于己来说，很难用对与错，或者值与不值来衡量，重要的是他内心的需求；但对于世人来说只不过少了一个不少，多一个不多的官吏，却多了一个不可多得的学者，留下了那么多有价值，至今还被书画人和研究北京历史、人文掌故的人翻阅的文字。

常常地想，一个人若能在社会上找准自己的位置，快乐自己的同时，可以最大化地发挥自己的才能，对己对社会都有益，也不枉人生一世。

原刊于《中国文化报》2014年8月24日

爱

世界上最爱我的人走了……

而我却是在你走了之后才知道。其实,你是这个世界上最爱我,最懂我的那个人。这个发现,让我忽然觉得世界没有了颜色,生活没有了意义,就连自己最喜欢的事情也没了兴趣。原来,支持我努力的那个人是你。

我和你一起生活了几十年,从我记事起,我就知道,我凡事都要按着你的意愿,我没有自己的想法,也感觉不到你的温暖,还有你的爱。你对我总是用挑剔的眼光,在你严厉的目光里我谨慎小心地做事,总怕做不好惹你不高兴。但有一点,我知道,你很辛苦,我很想分担你的辛苦,每当我做了一件可以让你稍许休息或者能让你高兴的事;或者我在学校考了好成绩,得到表彰,我多么希望看到你赞许的目光,可是你没有,你好像根本没有看见,或者认为这些本来就该是这个样子。你不知道,我有多失落,又有多努力。

我始终活在你的影子里。你那么好强,又那么能干,还那

叁·爱

么漂亮，你总说我长得不及你的一半。我对着镜子，哀怜自己的眼鼻口怎么会没有你的影子，就连头发也不如你的浓密且直。我卷曲的头发，你知道让小伙伴儿们发挥了多少想象力，给我起了多少绰号吗？

我不知道你爱不爱我。

那个年代那么困难，你从来没有让我穿过同学们都穿过的补丁衣服，还会时常用一些花花绿绿的小布头，给我做花样翻新的小衫，还有裙子，看着周围同学朋友艳羡的目光，我就知道你是爱我的。后来，我才知道，你总在别人面前夸赞我，却不让我知道。

可我感受不到你的温度，你和我说的话，不是在责备批评我，就是在分派家务活。你总是埋怨我没有你聪明能干，好干净。我上无长兄、也无长姊，下却有三个弟弟妹妹。种菜、养鸡、养鸭，照顾弟妹，做家务。我没有同龄孩子的自由，因为我有干不完的家务活在那里等着我。

你不知道我有多想早点离开家，离开你。可当15岁的我真的离开家，每到周末我还是想早些回家，好能帮你分担一些家务活。

我从来没和你说过，我爱你！这是我今生最后悔的一件事。你不知道，你走后，一年当中我最怕过今天这个日子，八月里的第一天。虽然这个季节，溽热难耐，而我内心感受到的却是悲凉哀痛。

我从来没有想到你会这么早离开。你是那么地爱生活，画画、旅行，一天忙到晚，家里永远是一尘不染，从你的脸上从来看不到疲倦，除了恼人的气管炎，你没有其他的病症。所以，当我在外听到你确诊的消息，我有多震惊，多恐慌，不顾台风危险，也要快些赶回家。

看到你无助的目光，我知道，这个打击对你是灭顶的。我不会让你有事的，我告诉自己也告诉你。我从没有这样自信过，我想，只要我们努力，是会有奇迹出现的。

可是，因为你的固执，也因为医院的不负责任，在你经历了几百天的噩梦般的治疗，你还是走了，没有留下一句话。我知道，你不愿相信死亡，虽然它就在你身边徘徊。这样也好，天堂里没有病痛的折磨，也没有死亡的威胁……

你走后的这四年来一千多个日子，我心里一直纠结着，为什么我就没有对你说一声：我爱你！

你不知道，那天，我带你做完检查，你坚持不做透析，看着你憔悴的面容，我有多心疼，又有多焦虑。我拥着你，第一次亲吻你的脸颊，你竟如孩子般的惊讶，但却透着一种满足。你知道吗，这个场景清晰地印在我的记忆里，挥之不去，它带给我的不是满足，而是深深的遗憾，还有愧疚。

其实，你我都知道，你爱我，就像我爱你，我们深爱着对方的同时都在被爱着，只是我们很相像，都好强，不善表达。因为我们是母女。

爱与被爱的感觉很美，但也很凄楚，就像你我。想对你说：我爱你！不知道你听到了没有，而我真切地感受到了你的爱，现在，每一天……

2014年8月1日于双清山馆北窗下

遇 见

朋友发来一篇台湾作家林清玄的散文《一生一会》。

"我喜欢茶道里关于'一生一会'的说法。意思是说,我们每次与朋友对坐喝茶,都应该生起很深的珍惜。因为一生里能这样的喝茶可能只有这一回,一旦过了,就再也不可得了。"

文章这样开头,娓娓地道来,就如同青茶的汤色,看似清淡却回味无穷,让人不由心生珍惜。

"一生一会。或许一生只有这一次聚会,一生只有这一次相会,使我们对每一杯茶,每一个朋友,都愿意以美与爱来相付托,相赠与,相珍惜。"

其实,"一生一会"就像生活中的每一次遇见,都是唯一。所以张爱玲感叹,一别便是一生。

黄昏来临,夜幕像滴在宣纸上的墨滴,一点儿一点儿洇化开来,燥热也一点儿一点儿消退,走出画室回家吃饭,行走在小路上,慢慢地挪着步,想着林清玄文中的句子。很久没有这样轻松地慢步,由着思绪游走。

不远处飞来一只喜鹊，轻轻落在枝头，却原来那儿早有一只。两只喜鹊对望着，喳喳地对着话，听着只有它们自己懂得的叫声，有种说不清的暖意漫溢心头。忽儿一阵蝉声传来，细听还夹杂着悠悠的虫鸣。我不知道这是不是这个夏天的第一声蝉鸣，但却是我听到的第一声。

夏天真的到了。

这一刻的遇见，深深地印在了记忆的胶片上。

一个又一个夏季从生命中划过，却仿佛只记得蝉鸣的聒噪，真的没有留心过它是夏天的使者，它醒了，夏天就真的到眼前了。有关夏蝉初鸣的记忆，只有多年前的端午节，在肇庆鼎湖山上那次意外的遇见，那是我听到的那一年的第一声蝉鸣，还曾感叹过南国的夏天来得这样的早，也曾写过一首绝句记录彼时的感受。

遇见，是人生最美丽的意外。

朋友的微信中记录着一段佛语：人流中擦肩而过是十年修来的缘，默默对视是百年，彼此交流是千年，成为朋友是万年。

林清玄说："在广大的时空里不只喝茶是'一生一会'的事，在广大的时空中，在不可思议的因缘里，与有缘的人相会面，都是一生一会的。如果有了最深刻的珍惜，纵使会者必离，当门相送，也可以稍减遗憾了。"

遇见有缘的人，喜欢的物；遇见美丽的景致，身处美好的时刻，都应像林清玄说的，应该生起很深的珍惜，因为也许今生真的是"一生一会"，一旦过去了，就再也不可遇了。

"有时，人的一生只为了某一个特别的相会。"这是林清玄喜欢写了送给朋友的句子。

新近听到一首歌,儿子说这是一首老歌,虽然歌词有些差强人意,但曲调的舒缓温婉加上孙燕姿带有磁性的女声演绎,还是让我心生珍惜,尤其是那歌的名字——《遇见》。

原刊于《中国文化报》2014 年 7 月 20 日

春天的消息

对于北方人来说,春天的消息,很难说清是什么。因为北方的春天和冬天很难人为地划清界限,只有感觉告诉自己,春天是不是来了。

但我知道春天的消息,因为我有春兰。

我家有两盆春兰,一盆是我的"草根"兰,一盆是闲堂出身高贵的"名门"兰。它们同时来到了这个家。

最早知道春天消息的是我的那盆"草民"出身的春兰。顶了多日的花苞,在我的焦急等待中前日终于悄悄地打开了花苞,宛若刚出浴的新娘,羞答答体态轻盈且生气勃发,泻满一室的清香,淡淡的透着清雅。怪不得东坡夫子说"春兰如美人"呢。

这一日离立春还有半月的光景。它是在给春天报信呢。

春兰开花,带给我意想不到的惊喜。这惊喜我等待了二年,终于在它来家的第二个春天快到的时候,有了消息。

"兰之猗猗,扬扬其香。"(韩愈《幽兰操》)我爱兰,由来已久。很多、很多年以前,还在恋爱中的我,曾和闲堂一起去中山公园赏兰花。第一次看到生长在幽谷中的兰花，竟也可以在室内生长得这么郁郁葱葱，生机勃勃；也第一次知道兰花还有这么多的种类。看着上上下下，左左右右，一盆盆的各色兰花争奇斗艳，我还是喜欢那生着小小的绿绿的花萼，散发着阵阵似有似无清香的春兰，优雅高贵得就像长袖善舞的天女。尤其是它那细，但却挺拔劲健的叶，还有俊雅的身姿，看着就欢喜，有的像郑板桥笔下的兰，秀劲挺拔；有的又似马湘兰笔下的兰，委婉秀雅。望着它，竟有了水墨的意蕴，那时，我正在学画兰。

绘画之人都知道，兰要以一辈子的功夫去画，也未必画得好，故有"一世兰"的说法。虽然简简单单的几片叶，几朵花，却是生机的全部，来不得半点的犹豫、轻率和马虎儿。我画了很久的兰，却始终感觉还是在纸上，缺少生命。自己也从未想过要搬一盆回家，与之朝夕相处，零距离地观察它，揣摩它。因为那时的我尚蜗居在集体宿舍里，以后有了自己的家，又很长时间与人合居一套单元房，依旧的没有条件。

数年后的乙酉腊月，应邀去北京城南的花乡写春联。没有想到的是，写春联的地点，竟然是在一个大大的花房里。四周围满了色彩艳丽的叫得上名叫不上名的花花草草，富含氧离子的湿润的空气，和着花香，竟让我忘记了寒冷。在满园的芳菲中挥毫，的确是一种特别的体验，这也是我半生里仅有的一次。

更让我兴奋的是，花卉市场的主人执意要送我们兰花。于是带我们去自选。我虽然爱兰，却不懂得兰花的品质，围绕架上架下一盆又一盆的兰花转了一圈又一圈，只有这颗栽种在普通

兰堂偶记

紫砂盆中的根须略略泛红的春兰,让我喜欢。它枝叶挺拔秀劲,错落有致,这正是我意想中的春兰。主人告诉我这是一颗极普通的春兰,但我依旧难舍所爱,最终还是将它带回了家。

兰花搬回了家,我却不会侍弄,又整天忙忙碌碌,全凭闲堂一个人照料。

两盆兰花喝一样的水,沐浴一样的阳光,呼吸一样的空气,可是我的兰花率先拱出了花苞,又开了花,放置书房的案头,满室溢香。而闲堂的那盆名贵的兰花却迟迟不见动静。这使我多少有点小得意,只是遗憾这不是自己辛劳的成果。闲堂养兰有些年了,而开花却还是第一次,带给他的惊喜和我是一样的。

和风习习的春日里,双华的春兰也绽开了笑脸。

又是一年的春天来临了,闲堂的兰花比前一年越发的有姿态了,而我的兰花雍容的身姿却不见了,好像害了一场病似的变得干干瘦瘦。我嗔怪闲堂这是亲疏分明的结果。

其实,我知道这或许是上天对我不劳而获的惩罚。李白有诗"若无清风吹,香气为谁发?"兰的知音该是那缕缕的清风,而不是我这样的凡夫吧。

我寄望于来年,它还会容光焕发,秀叶挺拔,依旧会拱出那可爱的绿茸茸的花苞,说不定它还会第一个来报春呢。

2006年春初稿
原刊于《中国艺术报》2016年5月18日

送给自己

一个女人成熟的标志是：学会狠心，学会独立，学会微笑，学会丢弃不值得的感情。

这是我在朋友微信中偶然看到的一段话，在今天这个特别的日子的前夜，我把它抄录下来，没有什么特别的意思，只是检验一下自己是否如它所说成熟了。

走过了许多路，跨过了许多桥，去过许多地方，看过许多的风景，也经历了许多的事，遇到了许多的人，度过这许多的光阴，我成熟了吗？

按照生理年轮计算，我早应该划归成熟的人群中；可按照心理年轮呢，我却越来越喜欢孩子般的简单纯真，喜欢阳光，崇尚简单生活，无论有没有风雨，都向往着阳光，向往着快乐。

走在光阴的路上，回头望望，过去的岁月中经历过的人和事，真像茶道中的一生一会，无论是美好的，还是悲催的；无论是值得的，还是不值得的，每一次经历都是唯一，都不曾有过相同的第二回，都要好好地珍惜。

兰堂偶记

每一年的今天,我最想感谢的是母亲,虽然她很少说起这个日子,但我知道,她心中永远记挂着这个日子,因为这一天,我们成了母女。

今天,我依然最想念的还是母亲,突然有许多话想说,想说给母亲听,我知道远在天国的母亲或许听不到我说什么,但一定知道我想说什么,因为母女连心。

> 从明天起,做一个幸福的人
> 喂马,劈柴,周游世界
> 从明天起,关心粮食和蔬菜
> 我有一所房子,面朝大海,春暖花开
> 从明天起,和每一个亲人通信
> 告诉他们我的幸福
> 那幸福的闪电告诉我的
> 我将告诉每一个人
> 给每一条河每一座山取一个温暖的名字
> 陌生人,我也为你祝福
> 愿你有一个灿烂的前程
> 愿你有情人终成眷属
> 愿你在尘世获得幸福
> 我只愿面朝大海,春暖花开

海子的这首诗就像他的名字一样著名,而学习格律诗的我,常常忽略这些与古体诗一样美妙的新诗。今天睁开眼,不知道为什么，脑中盘桓的却是海子的这首质朴抒情，而又唯美的《面朝大海，春暖花开》。

面朝大海，春暖花开。多么温暖的字眼，我把它送给自己，也送给亲朋好友、旧雨新知、认识和不认识的人，希望从明天起，不，从今天起过着简单生活，享受快乐还有幸福。

其实，成熟、不成熟都是相对的，无论男人还是女人，过于成熟或许会老于世故，丢掉许多可贵的东西，而沉于青涩或许又难以在社会上过活。

一个人首要的是要学会独立，特别是女人，然后学会担当，学会感恩，学会宽容，学会放弃，学会理解，学会简单，学会微笑，学会与人分享。这样的人成熟不成熟我不好断定，但我知道他一定是快乐的。

原刊于《中国文化报》2014年10月19日

乱 弹

乱弹是中国传统戏曲名词,有多重的意思,但多指除昆山腔以外的各种戏曲声腔,诸如京腔、秦腔、弋阳腔、梆子腔、啰啰腔、二簧调等;或指兼唱多种不同声腔源流的腔调、剧目。而我想到它,是缘于《书法报》的编辑江红邀我写一写书法之外的生活。

曾经写过一篇即兴的小文章《宅女》,谈了自己乐"宅"的一点点感受;也曾写过《正事·余事》一文,一吐自己为"正事""余事"所困扰的窘况。

其实,这些感叹都是源于自己的"贪心",在"正业"之外"余业"太多。

"正业"之外,一两个兴趣,足以令人手忙脚乱,而我在"正业"之外,书法、绘画、读书、写作、填词赋诗,皆爱之深切,又不可割舍,故而常常顾此失彼,不知如何"照顾"好它们,而使自己在忙中能够享受快乐。

所以说,生活中但凡像我这样"正业"之外,"余业"兴味盎然的人，都比较心疼那点有限的时光，所以"宅"便成了生活愿望中的愿望。

即使能天天"宅"在家里，也会烦扰不断，时间、精力不会因为你爱好多而怜悯你，而能有所增长。

书法于我，就像空气和食物，而绘画、读书、写作又何尝不是。

对于文字，从识字起就有着一种天生的偏爱，无论后来的时光如何流转，生活如何变化，而于此的情结却始终如一。虽然我对它的"照顾"远不如对书法、绘画那么尽心尽力，但它带给我的慰藉和快乐却是实实在在的。在文字里穿梭，优游自如、怡然自乐。没有任务，没有压力，更没有功利，一任兴趣游走，想到哪，读到哪，写到哪。

相对于读书写作，赋诗填词对于我来说就更是兴趣驱使，那美轮美奂，读来朗朗上口，极富韵律节奏的诗赋、长短句总会让我内心变得柔软，远离烟火，远离尘世的嘈杂烦扰，就像走进了绿树鸣禽的芳草地，沉浸在诗境里，纯净、超然、美好。在平平仄仄平平仄的世界里，记录自己的况味、感悟，还有愿望，是一桩美好至极的事情。

绘画，是我由来已久的一个梦想。还是小学生的我，常常与邻家的妹妹一起，描摹小人书，这是那个时代我们所能见到唯一的绘画书。虽然当时的我不知道画画是为了什么，但喜爱却是由衷的，即使在后来的岁月中，对书法的执着占去了大半的时间和精力，但对绘画的爱依旧，尤其钟情山水画。而当有一天我决定不再小打小闹地偶尔描摹两笔，要认真地分出一部分时间、精力认真地系统地临摹学习，我发现自己真的是爱之深切，一发而不可收。进国家画院进修，常常画至深夜而不知疲倦，这就是兴趣的魔力。

常常地想，如果能抽离凡尘俗务，常能于瓦屋纸窗之下，用素雅的陶瓷茶具，品清泉绿茶。三两朋友，谈天说地，吟诗作画，皆由心来，纵然"得半日之闲，可抵十年尘梦"（周作人《喝茶》）。

遗憾的是，人是无法逃脱俗务，摆脱生存的需求，而瓦屋纸窗、清泉绿茶、三两朋友、半日之闲，也不是常能如愿的。但流连在文字里，盘桓在诗词歌赋中，徜徉在笔下的山川风物里，心就可以时时抽离凡尘俗务，可以时时享受这静好之美，足可以抵一辈子的尘梦。

这么多爱好，常使我的生活杂乱无章，每天睁开眼都会觉得有许多事情在等着我，约人吃饭逛街，围观电视电影都是奢侈的事。虽然我知道鱼和熊掌不可兼得的道理，但依然无法割舍这许多的爱好。

我想，如果有办法使自己的生活能像"乱弹"，兼唱多种不同声腔源流的腔调、剧目，而又能和谐统一，那该多好！说实话，我是真的不知道有什么办法。或许因为这样我可能最终什么都不成，什么都不是，但这些爱好，我还是不会因为哪个更重要而放弃其他。因为它们对我而言，就像一个母亲膝下的几个孩子，个个都好，也个个都重要，并不期望哪个更出众，只希望个个都健康、都能快乐地成长。

原刊于《书法报》2011 年 3 月 30 日

生命会开花

身为一个职业女性,一个喜欢写写画画、涂涂抹抹,喜欢阅读、填词赋诗、码文字的人,职场之外的时光,大多流连在笔墨纸砚、电脑、书本之间。生活就像乱了节奏的乐曲,没有一个明晰的旋律,总有朋友提醒该做减法了,但我却一直辜负朋友们的善意,因为心中欢喜,忙也快乐。

画室。洒扫,焚香,轻放音乐。关上门,便将尘世喧嚣挡在了门外,唯有轻柔舒缓的乐曲环绕在墙壁、书橱、画案之间。铺纸,研墨,濡笔。这一刻,心静如水,舒缓如荡漾着的乐曲。所谓快乐就是这样心无旁骛地做着自己喜欢的事。

其实,阻隔市井喧嚣的并不是画室的那道门,而是自己的心境。

年纪渐渐地增长,除了依旧地忙碌,更多了些悲悯情怀,总会为一些相干不相干的事情感动,时常还会落泪。更在乎的是幸福的感觉,是家人、朋友,对人、对己、对事更加的包容、平和。对喜欢的事依旧的执着,不过,大多的时候只管耕耘,不问收获,所以可以时时忙碌且欢喜着。

生命会开花,是我曾读过的一篇文章的题目。依稀记得文章介绍了一个老艺术家的事迹,艺术家姓甚名谁做什么的已经记不真切,唯有题目留在了记忆里。

我不期望自己的生命能够开出多么灿烂的花朵,只求心中能够永远照耀着阳光。虽然生活不可能每日里都是阳光明丽,酸甜苦辣,风雨雷电也是人生躲不开的际遇,但若心中向往着阳光,就会时时感受到美好。

有人说,作家创作是因为内心的需要。其实,不只是作家创作是因为内心需要,大凡艺术家创作都是因为内心的需要。

沉浸在艺术劳动中,体验着情感释放的快感,感受着恬静,感受着美好,所以一直期望将这种心境传递给他人,美好、温暖;更期望着自己的书画作品,还有文字,能够带给人美的享受,还有慰藉。

若真如此,我想,自己的生命也会开花。

原刊于《物流时代周刊》2015年9月

自信的女人,颜值高

常常地想,一个人面对真实的自己到底有多难?在这件事上,是不是女人更不容易做到,是不是自信的人和不自信的人也有差别?

曾经有一个漂亮大姐对着我们一帮伙伴们说,自己50岁一定告别人世。她是要把自己永远定格在靓丽时节,想让我们只记得她的美丽。彼时刚刚跨入青春门槛的我,被这话吓了一跳。虽然那时的我也知道漂亮对一个女人来说,很重要,但也没觉得重要到要以命来捍卫的地步。

后来,二十郎当岁的时候,又遇到一个漂亮大姐,和那个漂亮大姐不同的是,我和这个漂亮大姐因为生活、工作的关系走得很近,自认为对她很熟悉。她对美,特别是自己容貌的关注度,在我认识的人当中,绝没有超其右者。只是这个漂亮大姐很爱惜生命,虽然她时常拿命来赌,但都是点到为止,根本舍不得这个五光十色的世界。她也曾经发誓:50岁以后不再出门见人!也是想让我们只记住她美丽的样子。

50 岁。看来 50 岁对于一个女人来说是个关键的年龄，是人生的分水岭，这之前自不必说了，这之后女人的容颜一定如狂风扫落叶的速度憔悴。对这个年龄，女人大概都会心有所忌，我也不例外。

　　容颜对于女人来说是很重要，可再怎么重要也比不过生命。那个漂亮大姐早过了知天命的年龄，早把她说过的话忘得一干二净，该吃吃、该喝喝，活得好好的。这个漂亮大姐也已过了耳顺之年，看她那样子可能早就不记得自己曾经发过的誓，因为她比谁都愿意出来混，拦都拦不住。不过，她对自己的要求依然不降低标准，决不容忍自己脸上有丁点儿的斑点，或者是皱纹。想想看，一个人要和自然抗衡，那得要有多大的勇气。话说现在医学技术昌明，可要把一个年过半百之人修理成妙龄女郎，怕也是太理想主义了。这不，这个漂亮大姐虽然把大把、大把的钞票交给了外科美容医生，隔三岔五就进去修理一番，身上的零件好像也很少有原装的了，多多少少都挨过刀，但却让人越来越不敢把目光停留在她脸上，哪怕是半秒钟。本来五官周正，还很漂亮的一张脸，整日的红肿得像泡发了的红萝卜。

　　前几天在网上偶然看到一个韩国艺人，整容成瘾，一次一次的修理，离本来清秀的面目越来越远，远的有点超出了人的审美经验。好可怕的一张脸，童话里的女巫也不会是这个样子，可悲的是她居然会觉得一次比一次好。

　　面对真实的自己看来真的是不容易，特别是女人，尤其是漂亮女人。

　　这样说，我并不是想打击一大片。我也是女人，而且自己的长相也还算对得起观众。

叁·自信的女人，颜值高

所以，我想我是知道容颜、青春对于女人来说意味着什么，也算明白广大女人的心思，自然也知道女人的长处，女人的弱点。美丽、年轻、朝气，是女人最踏实，最能提得起自信的财富。如果这个财富迅速缩水，甚至消失殆尽，这对女人来说意味着什么？恐慌还是轻的，身体的不适，才更容易让这个年纪的女人失去自信，所以步入更年期的女人承受着生理、心理双重的打击和折磨。通常人们，尤其男人会认为这个阶段的女人作，其实，她真的不是作。

能够坦然面对这些的女人，很伟大。我不是说自己伟大，是因为我想努力地去表明，我还行。其实，内心的恐慌只有自己知道。容颜像太阳下离枝的茄子，突然之间，你连照镜子的勇气都没有了。早晨起床，腰酸背痛，新的一天就以这个开始，接下来的一整天，感觉会怎样？不管天是冷是热，说出汗就出汗，一点没商量，妆花了是小事，可涨红的脸，还有汗透的衣背，当众的尴尬只有自己知道。以前你想做的事，可能连眼睛都不眨，可现在，你就不得不掂量掂量，因为说不上来哪个时刻，你就会感到心慌伴着虚汗来光顾你。

夜深人静，或者一个人发呆的时候，我也会暗自伤感，感叹时光的无情，几十年的光景真的就这样过去了吗？好像自己就出了一趟长长的差，就从岁月的那头走到了岁月的这头；就好像现在无厘头的穿越剧，自己只是穿越了一下，就从光鲜的少女变成了资深熟女。时光短暂的好像只是眨了一下眼。

不过，大多的时候，我总是在忙，忙的时候很难有时间让自己发个呆。所以，伤感的时候也不多，就是有，也是稍不留心站在了镜子前面，但顶多也就那么一小会儿，就又有事等着我去做了。就是伤感，我也没动过心思用什么招数保养保养自己。平生只进过一次美容院，还是在朋友的撺掇下，把脸交给人家，揉来揉去，二个多小时就过去了。后来，再也没进过那道门，办的那张卡连同卡里的钱也就打了水漂。

不是我矫情，职场、写字、画画、码文字，时间真的是紧巴，就是有了闲暇，我也宁愿赖在沙发里，弄个茶，听个曲；或者拿本闲书，找个盘，看看别人的故事；或者打扫房间，洗洗衣服。

所以，那两个漂亮大姐的念头，我是断不会生的。人在每一个年龄段，自有每个年龄段的美，就说年过半百的女人吧，远一点的撒契尔夫人，近的我们九三学社曾经的副主席、上海市副市长谢丽娟，都是一直漂亮到老的女人，她们身上的魅力可不是什么化妆品，还有外科手术就能够修得来的。

按照现在流行的飘亮标准，汤唯在她那个行当，颜值算不上出众的，可从来不追星的我，就是莫名其妙的喜欢她，她的作品我没有看过几部，也没有觉得有多好，可她做的广告我却喜欢看，就是因为她神情中的那份超级自信，让我自愧弗如。我不缺吃苦的精神，也不缺努力的勇气，却独独少自信。从小生活在强势又能干的妈妈身后，自信好像是天生就少的。

所以会一直羡慕能漂亮到老的女人，闲看庭前花开花落，宠辱不惊，优雅地老去。那种美不是外在的容颜，而是从里到外散发的雍容华贵的气质，那种气质只有用自信去锻造。

所以说，自信的女人，颜值高。

2016年1月于双清山馆

女人的小心思

写下这个题目,却不知接下来该说些什么。并非我无话可说,只是不知该怎么说。作为女人,一个也算有些阅历的女人,我的感受很多,多得不知道如何来说。

翻捡旧日的读书笔记,偶然看到有关女人话题的记录,而且不只一段。可见对此,我还是有些感触的。只是时光流转,年岁一天天增长,自己已不再那么敏感,也不再那么多愁善感。更何况,女人这个话题被人反反复复的说来道去,不胜其烦。

女人无论在文学语言,还是绘画语言中,恐怕是被描述概率最高的。对此,我本不想凑什么热闹,却无意间触动了雪藏的思绪,于是,便有了下面的这些文字……

我想,大多数的女人是为爱情活着的,女人气质中充满了浪漫的因子,幻想着有朝一日能遇到一个心仪的白马王子,一个爱自己又懂得自己,懂得女人的男人。琼瑶的小说演绎的正是这种小女人梦想中缠绵悱恻的爱情故事,是妙龄少女和怀春少妇所思所想的情景剧,所以赚了很多的眼泪。

女人似乎是为爱而活着的,所以与温柔不可分。但女人眼中的女人,与现实是有差距的,与男人眼中的女人也不是一回事。

女人对待自己与对待同性,以我多年的体味和观察,是有区别的。女人眼中的女人,可以欣赏,却很少能心心相印。大多数的女人,可以善待自己,善待异性,却很难善待同性,尤其是不能由衷地赞赏比自己优秀或出众的同性。曾经读过一篇题为《风雨梦舟——女人之思》的文章,作者的姓名早已记不得了,只依稀记得是出自女人的笔下。文中有这样一句话,印象颇为深刻,大意是,苦争春色,女人的嫉妒。

女人的嫉妒,就像冬眠的野兽蛰伏在女人的身体里,随时都有可能被唤醒。被嫉妒击中的女人,就像皮影戏里掌控在演员手中的皮影,一任嫉妒操控,纵使貌若天仙,也会因妒火焚烧而变得龌龊不堪,甚至还会长出蛇蝎一样的肚肠。

中国古代宫廷中的女人,为了"万千宠爱于一身",为了权利、地位,相互戕害。二千多年前的大汉王朝,开国皇帝刘邦尸骨未寒,她的宠妾,那个貌美的戚夫人,就被另一个女人,他的皇后吕雉拔光了头发,身上戴着沉重的木枷,还要舂米。要知道那个时代剃掉头发,对于一个男人来说是侮辱的刑罚,更何况一个女人,一个皇帝宠幸的女人。从人上人而一落地狱的戚夫人,噩梦才刚刚开始。残忍得不可思议的吕后并没有就此罢手,她砍断了戚夫人的四肢,挖去了她的双眼,熏聋她的双耳,药坏了她的喉咙,最后竟将她扔在了茅厕。一个美丽的女人,一个曾经被主宰天下的男人万千宠爱于一身的女人,就这样成了惨不忍睹的"人彘"(人猪)。

这段后宫女人之间惨烈而血腥的争斗,有人形象地称之为大女人与小女人的争斗。

　　胜利往往属于大女人,而失败则垂青于那些相对敦厚,生性温良如戚夫人这样的小女人。她们也许无意争春,却无奈一任群芳妒,最后只能零落成泥碾作尘了。

　　当然,这样极致的人间惨剧,只有在女人作为男人的从属而存在的封建时代才会发生,而如吕后、武则天、慈禧这样绝对权力在握,而又残暴少人性的女人也只是少之又少的个案。

　　但妒忌似乎是女人的天性。女人与女人之间就像是天敌,正应了同性相斥的物理原理。"出头的橼子先烂","木秀于林,风必摧之",在女人这儿似乎演绎得最为充分。女人因妒忌而生的怨恨,从来就没有停止过。

　　而男人眼中的女人呢?大多数的男人往往可以宽容地对待女性,却不能容忍女人高于自己。"窈窕淑女,君子好逑",男人追逐美貌的女人,喜欢女人的温柔,喜欢女人的善解人意,喜欢女人小鸟依人似的以自己为轴心。有男人说,"女人娶回家是为了疼的。"这话使许许多多的女人泪眼婆娑,因为这话正中了小女人的下怀,在她们的人生辞典里,女人生下来就是被人疼,被人爱的,是需要坚强的臂膀来呵护的。于是,大多数女人就照着这样的模式来培养和完善着自己,以期有朝一日可以找到一个好的归宿。

　　只有少数的女人对此不屑一顾,她们认为命运应该掌握在自己的手中,而不是他人。她们有着独立的人格,自主的意识,不依附于任何人,很少伤春而伤怀。爱与不爱,全取决于自己。即便受伤,也会躲在一隅,自己疗伤,用不了多久就会找回自我，依旧风光地站在人前。

这样的女人，被社会冠以女强人的"桂冠"或称为"女汉子"，常被人忽略性别，尤其是在男人的眼中。因为她们的独立，所以不受男人的青睐。很少有人关注她们的内心世界。其实，在她们的骨子里，女人的特质一样不少，同样希望得到关怀和关爱，特别是来自男人的。只是因为她们矜持而独立的个性，限制了心扉的打开，更怕别人的怜悯。因为她们的独立，很少有人想到该去安慰和关怀她们。

还有一类女人，介于大女人与小女人之间。这样的女人，不仅才情了得，且胆识过人，而又不失女人的阴柔之美，直叫识器过人的男人们爱怜有加，趋之若鹜。宋之李清照、明末之柳如是，现代之林徽因，各朝各代都不乏这样的女人。

男人可以没有爱情，但不能没有事业；女人可以没有事业，却不能没有爱情。所以有人说，男人是属于社会的，事业为上；女人是属于家庭的，爱情为上。

当然，凡事都有例外。不过，像英国的温莎公爵那样爱美人，不爱江山的男人毕竟凤毛麟角，而属于所谓"女强人"的大女人也为数不多。

男人和女人性情的不同，生存需求的不同，以及社会发展的现实，使这个社会依然是男人掌控的天下，虽然中国妇女解放了半个多世纪，虽然女人与男人一样同工同酬，虽然女人被赞美为美的化身，虽然母爱被赋予最伟大的爱。

"女人不是天生的，而是变成的。"

法国女作家西蒙娜·德·波伏瓦在《女人是什么》一书中这

样说。她说:"没有任何生理上,心理上或经济上的定命,能决定人类女性在社会中的地位;而是作为整体文明产生出这居于男性与无性之间的所谓女性。"

也就是说人之初,本没有性别的意识,只有生理的差别。性别的意识,是所谓的人类整体文明的结果。

"做女人难,做名女人更难",这种感叹不仅仅来自于风光无限的名女人。其实,所有想做些事情,而成为社会一分子的女人都会有这样的感受:做女人难!正如西蒙娜·德·波伏瓦所说:"女人要在事业上获得成功,比男人更艰难,无论如何,她同时必须还是一个女人,她不能够丢掉她的女性内容。"

卡米尔·克劳代尔,一个美貌又才华横溢的女雕塑家,本来可以和罗丹一样成为杰出的令人景仰的艺术家,但她与罗丹不同是,她同时必须还要是一个女人。在她成为罗丹的情人后,便在做女人与艺术家之间痛苦徘徊,因为爱而渐渐失去了艺术,因为艺术又失去了曾经有过的爱。在成就罗丹的辉煌里,克劳代尔容颜憔悴,最可怕的是艺术之泉也慢慢枯竭了,以至抑郁成疾,在牢房一样的疯人院里,在孤寂中慢慢地耗尽了生命。身后墓碑上只刻着号码"1943—№392"。

我是女人,一个有想法和抱负的女人,很能体会个中滋味。我不想只做个小女人,也不想成为大女人,但我希望做女人的同时,独立而自主,做好自己喜欢的事情。我知道,这注定要付出许多、许多……

但我也知道,我不会后悔。

2009年2月于双清山馆

宋词里的爱情

爱情是个历久弥新的话题，因为每个人都会经历爱情。曾经读过一篇文章，里面有这样一段话："一对相爱的人，按照正常的规律，是要在一起生活，要用一辈子的相伴来证明这相爱确实是真的，是实在的，是牢不可破的，是能坚持到最后的。"

宋代词人秦少游有一首传唱很久的词《鹊桥仙·七夕》，有"两情若是久长时，又岂在朝朝暮暮"的名句。我想，现在沉浸在爱恋中的年轻人，对秦少游这个有了哲学意味的爱情观，会不以为然。秦少游词中赞颂的是牛郎织女的爱情故事，虽然"金风玉露一相逢，便胜却人间无数"，但这却是人与神之间的爱恋，不是现实生活中饮食男女来得真真切切的男欢女爱。

宋代的另一位词人陆游，也有一首吟咏爱情的词，叫作《钗头凤》，同样传唱了很久，而它所传达给读者的，却是别样的感受，是尘世间男女爱之无奈，爱之无望的凄清悲苦，读来令人扼腕唏嘘。

红酥手,黄縢酒,满城春色宫墙柳。东风恶,欢情薄,一怀愁绪,几年离索。错!错!错!

春如旧,人空瘦,泪痕红浥鲛绡透。桃花落,闲池阁,山盟虽在,锦书难托。莫,莫,莫!

陆游与唐琬本是一对举案齐眉,琴瑟合鸣的恩爱夫妻,却因为陆游的母亲看不惯他们的卿卿我我,被迫劳燕分飞。虽然唐琬是陆母的亲侄女,但这桩亲上加亲的婚姻还是就这样走到了尽头。

离婚后的唐琬改嫁皇族赵士程,陆游也另娶妻王氏,生活就这样继续着。巧的是陆游与赵士程却是表兄弟,平日里自然断不了往来联系。

一日春游,陆游来到赵家沈园,却与唐琬偶遇。离婚后的唐琬旧情难忘,今日再见昔日夫君,更是百感交集。同样感伤的陆游,面对美景、美酒、美眷,却是物是人非事事休,悲情愁绪一并袭来,却无力回天,只能将这满腔的悲苦愁绪倾泻在沈园的粉墙上。这便是著名的《钗头凤》。

此情此景此语,让本来已不胜悲伤的唐琬,更加的愁肠百转,哀怨凄婉,一腔悲愁宛若倾盆的大雨,也化作了一曲《钗头凤》,却更加的凄凄惨惨戚戚。

世情薄,人情恶,雨送黄昏花易落。晓风干,泪痕残,欲笺心事,独语斜阑。难!难!难!

人成各,今非昨,病魂常似秋千索。角声寒,夜阑珊,怕人寻问,咽泪装欢。瞒,瞒,瞒!

独语斜阑，咽泪装欢的唐婉，不久便抑郁而亡。

这一来一往的唱和，有多少的悲苦愁肠，还有无助。特别是词中那重叠的错，错，错！莫，莫，莫！难，难，难！瞒，瞒，瞒！更是把这种绝望的悲苦情绪推到了顶点，几令人窒息。

男欢女爱是人之本性，是人世间最美好的情感，却也未必都能得到祝福，都能修成正果，所以人世间有了"愿天下有情人终成眷属"这样美好的愿望。

近日读书，看到一些学者推翻前人陈说，认为陆游的《钗头凤》与唐婉无关，而是赠妓之作，唐婉的和词亦系他人伪作。

学术的事情我不懂，我只知道陆游与唐婉的爱情故事，就像梁山伯与祝英台的故事，《牡丹亭》中的张生与崔莺莺的故事，早已深入人心。为什么不能桥归桥，路归路，学术的事只在学人之间去探讨，而让这些美丽的传说留在人间。而我，宁愿相信它们曾经真实地发生过。

2007年秋初稿，2015年12月修改

取舍之间

曾经读过一篇文章，文中引用了一位美国作家的一段话，只是不记得他的姓名了，当然，我也没有考证过这话是不是他说的，但这段话的意思我是记住了，大意是这样的：

一个不成熟的人，会为了一桩事业而悲壮地死去，一个成熟的人，却会为了同样这桩事情而卑微地活着。

不知道为什么每每想起这段话，脑中就会同时闪现着两个人，司马迁和项羽。其实，这两个人互不相干，生活在不同的时空里，一个是汉武帝时的史官，一个是楚汉战争的主角之一西楚霸王。要说联系，也不是一点关系都没有，项羽曾是司马迁笔下记载过的人物。

如果以美国作家的话来衡量，司马迁应该是个成熟的人，而西楚霸王项羽则是个不成熟的人。

司马迁身遭宫刑大辱，却隐忍苟且地活着，为的是还没有了却的心愿——一部史书；项羽力拔山兮气盖世，成就霸王的基业，却毁在意气用事，刚愎自用，最后悲壮地了断人生。

司马迁，字子长，是汉武帝时的太史令，他撰写的《史记》是中国历史学界重要的著作，在中国史学上可是拿过第一的，它是中国第一部纪传体通史，还是一部叫得响的文学著作，所以鲁迅称赞说：史家之绝唱，无韵之离骚。由此可见，司马迁隐忍苟活不仅成就了他个人，还给后人留下了一部不可多得的历史著作，就是今天研究上自传说中的黄帝，下至汉武帝这段历史的人，也少不了《史记》中的史料记载。

汉武帝天汉二年（公元前99年），名将"飞将军"李广的孙子李陵将军，奉汉武帝之命出征匈奴。李陵率五千步兵，与匈奴八万铁骑对垒，这仗怎么打都难取胜。李陵拼死苦战近十日，最终还是寡不敌众，虽败犹荣，可他却投降了。无论李陵当时是怎么想的，大汉王朝的将军战败，当了匈奴人的俘虏也就罢了，居然还投了降，这让雄霸天下的汉武帝颜面扫地，所以当汉武帝闻听投降了的李陵还为匈奴人练兵，彻底暴怒。

这个时候，人皆躲避唯恐不及，司马迁却跳出来极力地为李陵辩护，结果把自己送进了监狱。盛怒的汉武帝杀了李陵全家，处司马迁宫刑。

宫刑是大辱，不仅辱没先人，而且还会被天下人耻笑。受了宫刑的司马迁心中一定很苦，不然他也不会在《报任安书》中记录自己当时遭受凌辱时的不堪情景："交手足，受木索，暴肌肤，受榜棰，幽于圜墙之中，当此之时，见狱吏则头抢地，视徒隶则心惕息。"受了奇耻大辱，几乎断送了性命，但司马迁最终还是选择了屈辱地活着。因为他还有未了的心愿，他要把父亲和自己两代人经年累月收集来的资料，整理完成，著述成书。

司马迁在狱中度过了三个春秋，终于等到汉武帝改年号大赦天下。出狱后的司马迁虽然依旧做了中书令，但他心中想的还是他的《史记》，只一门心思专心著书立说。经过五年多的时光，他终于完成《史记》全书，共计130篇，52万多字，记载了上自上古传说中的黄帝时代，下至当朝的汉武帝元狩元年（公元前122年）间三千多年的历史。

试想，如果把司马迁换作西楚霸王项羽，那会是怎样的情形？以项羽暴烈的脾气，决不会受大辱还偷生。那后人也无缘《史记》这部鸿篇巨制的史书了，或许那三千年的历史也有被误读的危险。

项羽，名籍，字羽。下相（今江苏宿迁西南）人。一生大起大落，极富传奇色彩。27岁，便从一个普通的反秦将领一跃而为分封十八路诸侯的"西楚霸王"；31岁兵败乌江，自刎身亡。短短的几年光景，项羽演绎了一场许多人用一生都无法企及的辉煌。所以司马迁感叹："羽非有尺寸，乘势起陇亩之中，三年，遂将五诸侯灭秦，分裂天下，而封王侯，政由羽出，号为'霸王'，位虽不终，近古以来未尝有也。"

如果项羽是一个成熟的人，就会独享天下；如果他是一个成熟的人，兵败乌江，也会听从亭长的劝告："江东虽小，地方千里，众数十万人，亦足王也，"渡过乌江，以保全性命，再图霸业。但项羽就是项羽，他不是司马迁，不可能苟且地活着，所以只有他这样不成熟的人，才会在生死一线的时候慷慨悲呼："独籍与江东子弟八千人渡江而西，今无一人还，纵江东父兄怜而王我，我何面目见之？纵彼不言，籍独不愧于心乎？"

兰堂偶记

> 力拔山兮气盖世,
> 时不利兮骓不逝。
> 骓不逝兮可奈何,
> 虞兮虞兮奈若何!

面对追随多年的美姬、爱马,霸王的这一曲慷慨悲歌,曾经令多少人拊掌唏嘘,就连死对头刘邦也为之动容,以鲁公之礼葬了项王。

无论史家如何评价项羽,他都是人们心目中的盖世英雄。

司马迁也好,项羽也罢,其实,他们作为个人,都活出了精彩,成就了个人的声望,就像那个美国作家说的,悲壮地死去,卑微地活着,都是为了一桩事业。因为司马迁的忍辱,《史记》得以天下留传;而项羽的率性,也让我们领略了英雄本色。

大千世界,万物众生,物理常然,人生亦复如是,不是简单的一句成熟还是不成熟,就可以论说的。

2008年2月初稿,2015年12月修改

爱的感觉

收到友人发来的 E-mail。

美丽的风景在舒缓优美的音乐声中徐徐地变幻着，文字如乐符，一个一个轻灵地跃上画面，题曰《爱的感觉》。

有人说，喝酒的时候，六分醉的微醺感是最舒服的。肌肉可以得到松弛，眼中看到的一切都是可爱的，如果你还继续喝，很可能隔天你会头疼欲裂，全身不舒服，完全丧失了喝酒的乐趣。吃饭的时候，七分饱的满足感是最舒服的。口中还留着食物的香味，再加上饭后甜点、水果，保持身材和身体健康绝对足够。如果你还继续吃，很可能会肠胃不适、吃太饱想睡觉，完全丧失了吃饭的乐趣。当你爱一个人的时候，爱到八分绝对刚刚好。所有的期待和希望都只有七八分，剩下两三分用来爱自己。如果你还继续爱得更多，很可能会给对方沉重的压力，让彼此喘不过气来，完全丧失了爱情的乐趣。所以请记住，喝酒不要超过六分醉，吃饭不要超过七分饱，爱一个人不要超过八分喔。

听着轻柔的乐曲，欣赏着怡人的风景，品读着轻松而富含哲理的文字，紧张的神经慢慢舒缓，心池也像微风拂过的春水，荡漾着……

月满则亏，水满则溢。这句古话阐释的正是这个道理，智慧长者老子在《道德经》中也曾说过"强大处下，柔弱处上"。可见，我们的先人们早就懂得生活的艺术。

享受着现代文明的当下人，却远不如先人们那么懂得生活的艺术，看看现在的影视剧里面那些吵吵闹闹，动辄跳脚打架骂人的桥段，老的没有老的样子，小的没有小的规矩，小则让人受伤自己生气，大则影响、破坏社会秩序。再看看自己，还有身边的人，忙忙碌碌，奔波争抢攀比，就像是一架机器，哪里还会留心路边的风景，风景里的人，哪里还会享受到爱的感觉呢？

早年曾收藏过林语堂先生《生活的艺术》一书，读过也曾感悟过，却因忙碌渐渐地淡忘了。前日在上班的地铁上翻阅杂志，读到一篇随笔，名曰《下一回吧》。大意是说人往往不会释放自己，学会放下，享受生活。而我不就是这样的人吗，常常把"下一回吧"挂在嘴边，错过人生路上多少风景，自己恐怕也难数清。偶尔回首，心底也会酸楚，也会心生遗憾，自然也不会有爱的感觉。

让动听的音乐、美丽的景色包围着，读着悦心的句子，这一刻身心松弛，心旷神怡，就连空气也变得清爽怡人，所谓爱的感觉就是这样的吧。

2009年11月写于旅途中

另类人生

与朋友聚会回家,已近午夜。如水的夜色洗去了白天的喧哗,还有聒噪,偶尔的虫鸣,越发衬托了夜的宁静。

行走在昏黄的路灯影里,一个人。气温已不似白日里那样燥热,可以心静气闲地慢慢踱着步。这样走着、走着竟有些走神。

独自一个人,慢慢地走着,想着,那份惬意、懒散,还有自在,确是难得的享受,真希望眼前的路就这样一直延伸下去……

在平日的现实生活里,人就像上了发条的火车,一味地朝前跑着。一件又一件事情,等着去做;一个又一个的角色等着去扮演,责任担待、营生劳顿,不得片刻的清闲,自然难得自在的心静。而今天这个有着虫鸣的夏夜却不一样,朦胧的灯光,斑驳的树影,一个人自由地踱着步,可以什么都想,也可以什么都不想。

另类人生,就在这个时候蹦到脑海里。

什么是另类人生?这类的等闲问题,如果是在白天的紧张繁忙里，是无论如何也想不到的。

也许我的骨子里生就有一丝的不安分，就像很多人一样，企盼着自己的人生能有个起伏，有个变化，不像现在这样日复一日，平静地重复着昨日，就像演奏家不愿意总弹奏一支曲子一样。

每个人都会有欲念，没有欲念的人是不存在的，只是或多或少的差别而已。就连剃度出家一心供奉佛祖的僧人，也会心存欲念，希望自己的修行离佛祖近一些，再近一些，何况我这样的凡胎俗骨。

在现实生活中，欲念有些是可以实现的，而有些就是通过努力也无法实现的。这就是成人社会的无奈，如果把这话说给小孩子听，他们也许会用诧异的眼神看着你，嘴角也许还会流露出不屑。赤子之心，就这样，在岁月的流逝中，不经意间一点点的失去，留下的是成人世界的烦恼和无奈。每到这时，就会梦想回到童年，就像小时候我总是盼着自己长大一样。

其实，每个人的人生都可以称之为另类人生。因为在这个世界上，没有哪个人的人生会像两个大小相等的圆，可以重合。从这个意义上来说，相对他人，你的人生就是另类人生。

这样想着，家门到了，却有种淡淡的失落。能这样心无挂碍的，又在这样一个弥漫着诗意的夜晚，一个人踱着步，漫无边际地胡思乱想，实在是难得的惬意时光。

原刊于《书法导报》2012年3月14日

流水账

所谓"流水账",就是按照时间的先后顺序来记录事情。我曾经有一度每天记日记,所记大都是我认为比较重要的事情,但方法却与"流水账"没有多大的区别,每到年尾,我会根据这个"流水账"再来整理一番,作一个全年的"流水账"。据说鲁迅的日记也像是个"流水账"。这样记的好处是时间准确,记忆真实。可惜后来我忙于各种事务,总感觉时间在赶人,不知不觉中停了"流水账"的记录。现在想来自己的人生岂不是丢了一部分记忆,断片了,真的有些后悔曾经的率意。

最近因为一部作品集,又因为要与一个网站合作,需要整合我这许多年来在书法、绘画上的经历,却因为曾经的不经意,许多的事情已记不真切,或记不清时间,有些干脆就已淡出了记忆。忙碌了好几天,也没有整理出个所以然。今日听了龙应台的演讲《倾听一个人的记忆》,就更是感慨。记忆对于人类社会来说,就是连接着昨天与今天的历史;对于个人来说就是一个人的足迹。而记忆的真实又是还原历史真实的基础。

若一个人连自己的记忆都能忽略,而对于其他不关自己的记忆又能关注多少呢?

整理旧日笔记,上一年的9月2日这一天,这样记录着:上午坐在飞机上,等待着从昆明飞回北京。手里翻阅着记录着过去一天新闻的《春城晚报》。

过去的一天,是9月的第一天,学校开学的日子,是经过一个假期的休整,老师们重回讲台,学生们重回课堂的日子。

而我呢,在昆明参加座谈会,同在腾冲开会又一起到昆明,再前往北京开会的同僚,因为天气原因,飞机在北京上空盘旋,却不能降落,最终落在了济南机场,而他第二天早晨必须出现在会场。微信朋友圈里安慰的、出主意的,一晚上都没停。据说北京要连续几天的雷雨天气,安慰别人的同时,也在担心隔日自己回程能不能够顺利……

报纸上有许多新闻,政治的、社会的、财经金融的、教育的、娱乐明星的:习总签署主席令,公布修改《预算法》等5部法律等决定;中央社会主义学院举行开学典礼……还有一则是《春城晚报》副总编辑费嘉去世的消息。

我不认识费嘉,但也为他的英年早逝而伤感,认真地读了报上所有的追忆文章,感叹又一个活得认真、执着的人,带着许多还未来得及实现的心愿,想做还没做的事,就这样早早地离开了人世……一天里,这个世界发生多少事,有新生命诞生,有生命结束;有战争,有流血;有欢笑,有仇怨……

而此刻,我还可以随意自由地呼吸,想着自己喜欢的事情,还有喜欢的人,我是幸福的。却总在抱怨时光的无情,就在刚才我还在恍惚着,一个多月前,我在为刚刚结束的会议紧张筹备着,忙忙碌碌,好像是在为未来做事。十多天前,当我拉着箱子出门奔向云南,走在路上,忽然觉得,时间的流淌终将让一切都成为过去,就像我刚走过的路,一步一步地成为过去,就像王羲之说的"俯仰之间,已为陈迹";而出门的这十几天说过去又都过去了,怎么能不生出王羲之曾经有过的感慨:"向之所欣,犹不能不以之兴怀。"

读着费嘉的朋友们怀念他的文字,哪一个不热爱生活,哪一个不珍惜眼前,转过头看看窗外,阳光很好,9月的阳光已不那么刺眼,这么好的天气,我该想着明天我要怎么度过。手中的这张报纸我收藏了……

那天,在飞机上,如果我没有打开电脑,记下彼时的事情,还有感受,如果晚上到了北京,感觉累了稍一懈怠,那么那一天的记忆就没有了。一年365天,每天做过什么事,见过什么人,有过什么感慨,又读过哪些书,没有记录,脑子再好的人,也会渐渐地遗忘而最终失去记忆,只剩下时光过滤后的所谓大事,而普通人,又有多少刻骨铭心的事,就算那样的事也会随着时光而失去许多细腻、真实、动人的细节。

翻着以前的记忆,很温暖,"流水账"让昨天和今天就像一条流淌着的河,记忆就是这河中的水,缓缓地流过昨天,流过昨天的昨天,来到今天。这是我一个人的历史。

我要找一个新本子,从明天开始要继续我的"流水账",而且要像沈鹏先生那样用毛笔来记录,这样,我也会时刻不忘自己还是个书法家。

2015年12月于双清山馆

酒要五分醉

在网上看到一段介绍酒的段子,有点意思,也明了,就顺手抄了下来:

俺叫酒,字乙醇,是粮食的精华与水的化合物。俺是最奇妙的饮用物,味有浓香、酱香或醇香。尽管有人说俺是猫尿、马尿,但抬举俺的人还真不少。因为俺能给武人壮胆,为文人助兴,给喜事添喜,为愁人解忧。所以,穷喝富也喝,喜喝愁也喝,爱俺没商量。李白斗酒诗百篇,清照醉酒词凄婉。武松醉酒降猛虎,千古绝唱都有俺。

对于酒,我说不上喜欢,也说不上不喜欢。不喜欢是因为我没有瘾,喜欢是因为亲朋好友相聚它可以助兴。酒在生活中有它不多,没它不少,但有了它生活会添许多的乐趣,适当饮酒对健康也是有益无害的。

酒的历史相当悠久,在中国,有文字便有了酒字。据说,酒是自然送给人类的礼物，只是不知道是谁第一个尝的鲜，发现了落地野果发酵的液体能给人美妙的感觉。

酒之所以能给人带来欢愉，是因为酒的主要成分酒精（乙醇）不需要经过消化系统的加工，就可以被肠胃直接吸收。饮酒不消几分钟，酒精就会被血液带到肝脏、心、肺，通过四通八达的动脉、静脉，到达指挥中心——大脑和高级神经中枢，对人的生理和心理产生奇妙的作用。

所以，一千多年前汉代的焦延寿在《易林·坎之兑》中就曾感慨过"酒为欢伯，除忧来乐"，自此酒也便有了"欢伯"这个别号。

酒能调动人的情绪，自然不同于一般的饮品，还逐渐演化、发展成了一种文化，称之为"酒文化"，还有了许多不同的称呼，除了欢伯，还有琼浆玉液、金浆、香醪、忘忧物等等。

酒虽然不是人生活的必需品，但在人的生活中却是个重量级的角色，民间有无酒不成席的说法。从酒进入人类社会，便渗透到生活的角角落落，也成了文人武将的爱物。有了酒，将士出征以酒饯行，就显得格外壮烈；有了酒，诗人墨客的挥毫吟唱就更有激情和灵感。历史中与酒有关的趣话、诗词歌赋、翰墨佳构，以酒为媒的祝酒词、劝酒话、行酒令，都是酒文化中靓丽的风景。酒俗中的民谣更是情真意切。酒逢知己千杯少。遥知湖上一樽酒，能忆天涯万里人。座上客常满，杯中酒不空。

杜甫《饮中八仙歌》记录了唐开元年间的八位"酒仙"。这八个"酒仙"除了饮者之名，个个都有一身的本事，贺知章、李白，都是诗歌圣手，李白还有"诗仙"之名；张旭，草书家。"知章骑马似乘船，眼花落井水里眠"。"李白一斗诗百篇，长安市上酒家眠。天子呼来不上船,自称臣是酒中仙。张旭三杯草圣传,脱帽露顶王公前,挥毫落纸如云烟"。

酒历史悠远,酒文化深厚,但也不是谁都好饮。喜欢的顿顿都来,不可一日无此君;不喜欢的,视其为洪水猛兽,避之唯恐不及。

顿顿都来,有嗜酒的嫌疑,毕竟酒能使人上瘾,还有酒精中毒的危险,显然对健康是不利的;但酒也不是洪水猛兽,少喝点,喝的得法,助兴添趣解忧,还可以活血强身。所以说,什么事都要有个度,尤其是对酒这种东西。没有了它不影响生活,但会少了许多乐趣,不喝酒的人,是不能体会其中的妙处的。朋友相聚,三五成群,或促膝相谈,少了酒自然也会少了许多的话题,少了许多快乐,少了许多的默契,还有热络。

喝酒时最能让人放松,不必像平日里那样端着、拘着,带着个面具过活。喝酒时人人平等,不论高低贵贱,举杯相邀都是朋友。喝酒时浪漫自由任性,可以海阔天空,信马由缰,可以放松自在,可以消除彼此的距离。

男人醉酒,往往醉得酣畅淋漓,醉得豪迈洒脱,不知不觉把平时深藏着的、真实的另一面翻出来给人看,天真得就像还没有开蒙的孩子;而女人喝点酒,会比平日里大度,更添几分妩媚和娇憨,贤淑得就像旧日大宅门里的女人。

当然,也并不是所有喝酒的人都能喝出自在,喝出浪漫,喝出风采。喝酒是很有讲究的,是要有酒德的,是要有学问。喝多了,伤身,隔夜的宿酒,会让来日头痛,搞不好,还会在酒精的作用下,做出一些平日里连想都不可能想的荒唐事;喝少了,不能尽

叁·酒要五分醉

兴。所以说,喝酒的度,在于恰到好处,五分的醉意当是最好的。

酒有这么多的好处,自然让人对它有了几分偏爱。不知道旧时的国人请个客、送个礼是不是也像今天的人,一定不能少了酒,还不能不上档次。

记得曾经在电视上看过《中国的酒文化与诗文音乐》,可见酒在今天的文化里也是有分量的。电视上的广告,大半也是形形色色的酒瓶,晃过来晃过去。每到一地,热情的东道主都会奉上自家地界酿的酒。不知道有没有人统计,中国境内到底有多少种酒,加上那些洋派的人饮的舶来的酒,国人一年能喝下多少酒,会不会比青海湖的水多。

现在的国人喝酒花样多,不知道是不是祖传的就这样。你要办个事,必要请人吃个饭,吃饭没有酒哪成。不喝的找不到北,说明你心不诚;心不诚,事就办不成。朋友聚个会,不喝得东倒西歪、掏银子的人就没面子,就没有尽兴。喝酒还能喝出人品问题,喝了,人品就好;不喝,人品就有问题。喝吧,情非我愿,伤身,还有可能闹出乱子;不喝吧,朋友不高兴,伤感情,吃个饭还吃出愁人的事。还听说常有人喝断了片儿,喝的人生彻底断了片儿。喝个酒喝出人命的事,可能哪都有,但像今天国人这样,不是自个儿自愿喝成那样的,恐怕也不多。

酒这个东西,说白了就是一种饮料,不过就是能带给人一时兴奋,能解一时之忧,说好了可活血强身,说不好也可以结束性命。所以喝酒要有个度,最好是五分醉,留下五分的清醒,好让自个儿、也让他人在喝酒中品尝到乐趣。

2015 年 12 月写于双清山馆

那时的我们，很快乐

人是一种奇怪的动物，常常会有奇怪的念头和举动。比如某天早晨醒来，突然感觉好像回到了过去的某一天，某一个场景，就连空气里都弥漫着熟悉的味道，就像你看了无数遍的电影。闭上眼睛，过去的人和事，潮水一样涌来，恍惚间就穿越了回去……

那时候，我还小，还在上小学，爸爸、妈妈比现在的我年轻，弟弟、妹妹们也比现在我儿子小。我们的家在京西山野丘陵旁的部队家属院，那个除了小小的厨房，只在两间小屋的家，承载了我们很多的快乐。屋前屋后都有不设围栏的院子，可以种花，可以种菜，还可以养鸡养鸭，养兔子。离家不出几十米就可以爬坡上山了，秋天的山上，野酸枣可多了，时间不长，就可以摘上一大兜子。虽然北方的丘陵小坡坡，不能和家乡的骊山相比，但若放在今天都市人的眼里，也会宝贝的不得了。

那时候，我每天都要走很远的路去上学，路上很少遇到人，偶尔身边驶过一辆汽车，还是爸爸供职的部队汽车团的军用汽车。路上要过小河，没有桥，要想尽办法，踏着石块，铆足了劲儿,才能跨过去;路上还要穿过一片树林子,如果下雨,或者是春暖花开,地上都是松软的泥巴,每走一步都很困难。其实,可以不用跳着过河,也可以不走泥泞的小路,绕着大路走,很平坦的。可就是为了少走一点儿路,不迟到,可以早点回家,更何况小溪的水清冽冽的,有小鱼、泥鳅,还有蝌蚪可抓,所以,很少有人绕圈圈走大路。

放学回到家也并不轻松,还要帮着爸爸、妈妈做家务,带弟弟、妹妹,喂鸡、喂兔子,给房前屋后的花、向日葵、玉米,还有蔬菜浇水。但是,没有回家要做的作业,那点课余的作业,通常在学校就做完了。

那时候,出门只有冬天天冷得受不了才戴口罩。也很少出远门,即使出门,也都不会太远,所以大多靠双脚,因为没有私家车,就是自行车也不是谁家都有。上学、下学不管多远,也都是自己走去、走回,家长忙,也顾不上是接老大、老二,还是老三、老四的,基本都是大的带小的,当然,也有小的厉害靠自己的。学校的老师也基本不会请家长,有情况,学校和老师就解决了。孩子玩多晚,家长也不会着急,只要按点儿回家吃饭、睡觉就行。不过,我很少自由自在的想玩多久玩多久,因为我在家中排行老大,且比老二大了一个巴掌,自然是要帮着忙不过来的父母做家务了,不管我愿意不愿意,反正我出去久了,妈妈的大嗓门就会在家属院里回荡,我胆小,所以基本不用妈妈喊就回家了。

那时候的生活单调,物质匮乏,没有过多的欲望,日子过得踏实。没有互联网、没有电视,更没有手机、游戏机,但我们却很快乐,女生跳皮筋、跳房子、跳绳,打沙包,耍拐;男生玩弹球、推铁环、拍烟盒；男女生一起就会捉迷藏、老鹰抓小鸡，这些都是集体的项目，没有团结、合作的精神，可是玩不好的。

离开那里很久、很久了，有三十来年的光景，可不知为什么，我们那只有两间小屋子的家，常常出现在梦里，时间混乱，空间却很清晰，就是醒来，我也还是继续在梦境里，生怕断了线，梦就结束了。

发小们在微信群里，吵吵嚷嚷着要故地重游，有人说早就去过了，还晒上了照片。那照片我左看右看，找不到一丁点儿熟悉的影子。毕竟三十多年了，在中国这个处处都是大工地的年代，这点变化一点都不奇怪。我只是想知道，那条小河还在不在，那片树林怎么样了？小河是不是还像以前那样清澈，小鱼是不是还那样自由自在的游荡；树林是不是还像以前那样茂密幽深。其实，我知道答案就在那里，问与不问都一样，可我还是问了来自那里的同学，答案自然让我难过了好多天。

我知道，微信群里的发小们和我一样，都是因为有了一些年纪，开始怀旧了。只是，我真的没有他们那样的勇气去打破曾经的美好，宁愿在梦里与它们相见。

社会在进步，生活在变，我也在一天天的变化着、进步着，生活越来越方便，但是不是人就变得快乐了呢？

说来奇怪，我曾经写过一篇关于梦的文章，文章写完了，我的那个竟夜缠绕的梦也没有了。今天我又在写梦，只是不知道文章写好后，这个梦是不是又终结了，但愿这次不会是这样。

2016年1月写于双清山馆

任何时候，沟通很重要

我不问，你不说，这就是距离；我问了，你不说，这就是隔阂；我问了，你说了，这就是尊重；你想说，我想问，这就是默契；我不问，你说了，这就是信任。不怕身隔天涯，只怕心在南北。任何时候，沟通很重要。

这是曾经在微信朋友圈里很流行的一个段子，说的是人与人之间沟通的事。看到这个段子，第一时间转发给了一个朋友，因为我们之间刚刚有了一点点儿小误会，这个段子来的还真是时候。

就像段子里说的，任何时候，人与人之间，沟通都很重要，无论是朋友，还是亲人之间，都需要无障碍的沟通。

就说自家吧。我在家中排行老大，母亲是一个能干又要求很高的人，在她眼中孩子们离她的要求总是很远，所以想要得到她的肯定，可不是一件容易的事，更别说得到表扬了。身为老大，母亲对我的要求，自然更高一些。从小遇到事情或问题，不敢叨扰父母，也不可能求助比我还需要帮助、照顾的弟弟妹妹。

所以在记忆里，童年很孤独，遇到事情都是自己消解，无论事大事小。渐渐地长大，更没有了与家人、朋友分享心事的习惯，也更加地希望他们听到的都是些好消息，尤其是对父母。结果我发现，遇到事情，常会遭到母亲的责备，自己却惶恐得不知如何与她沟通，好让她知道，事情其实不是她想的那样的。

琼瑶的爱情小说，不知俘虏了多少少年的心，尤其是芳心懵懂的少女，她们的爱情之旅或许还是从这里开始的呢。但也有许多人，特别是成年人对里面告白式的爱情故事不以为然，在他们眼里，只有小女人才喜欢琼瑶式的不胜其烦的爱情告白，真正的爱情，还有浪漫不是靠嘴说出来的。我也曾为故事里的爱情而感动，也曾渴望自己能够遇到这样温暖的爱情。而当成年以后，经历过了现实版的爱情，回过头来，才发现这些有点甜腻、有点矫情的告白式的爱情故事，最值得点赞的地方，不在爱情本身，而是故事中男主、女主的情商，着实值得竖起大拇指。

不信，你看啊，如果生活中的人都能像故事里的男主、女主，绝不隐藏或掩饰自己的情感、心思，还有想法，阳光、透明，那会省去多少的猜凝、试探，还有误会，生活不是简单多了吗。当然，如果这样，那些虐情戏的编剧就有面临下岗的危险。人们可以很文艺地一边感叹，一边流着眼泪欣赏别人在那里演绎，因为误会而造成的种种虐情、虐心的戏码，但却不希望生活也如此这般的来折磨自己，尤其是女人。所以这样的虐心戏，市场前景依然会很好，但现实生活中，沟通也依然很重要。

如果，从小我能时常和母亲聊聊自己的心事，让她了解一个真实的我，或许她和我之间会很和谐，说不定她还会给我许多的人生建议，或许我会有别样的性情，不这么内向，也不这么不自信，或许人生也会有别样的风景。

　　其实，现实生活中每个人都会遇到误解别人，或被别人误解的事，虽然情形不同，原因五花八门，但归并起来最根本的还是相互之间缺少沟通和了解。相互缺乏了解，自然是沟通的不够，或者不到位，或者双方之间没有足够的信任。当然，信任是要互相了解，才能建立起来这样的信誉关系。

　　有的时候，处在不同境遇的两个人，想事情的角度、出发点不同，也会造成误会。我曾经给一个朋友发短信，陈述一件事情，对方不仅没有领会我的初衷，还从中读出了令人啼笑皆非的意思。

　　原因或许就是我们各自站在自己的立场和角度来看问题和想问题，结果自然会有偏差。归根结底，还是沟通的不够。

　　不久前，我的一篇随笔又让朋友读出了不同的意思，以至我开始怀疑自己的表达能力是不是有问题，以我学习语言文学出身，至今码的文字也有百万之多，何以还会令人误读？

　　想来，离你最近的人，也未必是最了解你的人。或许，正是因为彼此的近，让彼此之间的感觉更容易出现偏差。好朋友嘛，你知我，我知你，平时哪用得着那么婆婆妈妈的说道，遇事直接说事就好，久而久之势必就成了陌生的熟人。

　　像我这样的庸常之人，说一段话，写一段文字被他人误解、误读也在情理之中，就是我们自己也有这样误解或误读他人的时候。不过，一段文字读出不同的意思，也实属正常。不然，一部《红楼梦》让曹雪芹身后有了那么多的"红迷"，还成了一门学问；一个莎士比亚身后衍生了那么多的研究学派。或许，好的文章，就是要给欣赏者以欣赏的空间。

　　沟通是人的基本素质，也是情商高低的体现。人人都知道，当下是个拼爹的时代，拼不了爹的，只能拼自己的情商。就眼下的情形来看，情商的确比智商更为重要，如果智商同等的两个人PK，胜出的一定是情商高的一方。琼瑶的爱情故事虽然也虐心，但男主女主的沟通能力，大可以作为范例，供像我这样情商不高的人学习。虽说江山易改，本性难移，但明白了人与人之间沟通的重要，还是要努力地去学会与人沟通。

2015年9月写于双清山馆

聪明人做的那些事儿

朋友发来一篇文章,题曰:《聪明人必做的十件事》,作者是日本人大前研一。

大前研一是日本著名的策略大师,但我对其人其事知道的却不多,上网搜索,方知道此人的厉害。有人称他是亚洲唯一的世界管理学宗师,是"全球五位管理大师"之一,又被誉为"日本战略之父"。据说不只在日本,就是在中国、韩国,阅读大前研一著作的人也很多。他有多本享有盛誉的超级畅销书,被翻译成了多种语言,在多个国家出版,其中在中国内地出版的中文畅销著作就有《专业主义》《OFF 学》《M 型社会》《我的人生哲学》《创意的构想》《企业参谋》《无国界的世界》《即战力》《全球新舞台》《巨人的观点》《创新者的思考》《无形的大陆》等。可惜,我一本也没有读过,但对朋友发来的这篇文章,却饶有兴致。

像大前研一这么成功的人,一定是绝顶聪明的人,而聪明人的行为方式一定有别于常人。大前研一眼中的聪明人必做的十件事，一定是支撑他成功的秘密钥匙，是他人生经验的总汇，是可以供给像我这样的庸常之人学习效仿的。那我们来看一看，聪明的策略大师都做哪些事？

第一件事，储存友谊。

大前研一说，"靠得住的友谊是今生最温暖的一件外套。它是靠你的人品和性情打造的，一定要好好珍惜它，如果到目前为止，还没几笔，那么，从现在用心去储存还来得及。"

靠得住的友谊是人生最温暖的一件外套，依我看，靠得住的友谊是人生旅途中最温暖的一缕阳光，是可享用一辈子的财富。其实，我们中国人最是懂得友情的珍贵，"在家靠父母，出门靠朋友"，"远亲不如近邻"，这些流行俚语虽然不知起于何时，但却是无人不晓，直白朴素，形象地说明了这个道理。

第二件事，学会放手。

现实生活中的许多人都明白其中的道理，但是大多数的人都没有大前研一那样看得透彻，那样行动的决绝。策略大师认为："当你无力把握命运中的某种爱、某种缘、某种现实，就要学会放手。给自己一个全新的开始，只要信心在，勇气就在；努力在，成功就在。"

当下流行一句话叫作："拿得起，放得下，那叫举重；拿得起，放不下，那叫承重"，看来生活中知晓这个道理的人不少，但拿得起，放不下的人还是多数。拿得起，放不下，会让你深陷烦恼、痛苦，既影响工作，又影响生活，还影响健康。不能学会放手，如何能再轻装的上路呢？也许希望就在下一街角，前提是你要放得下，才能有机会去发现。

第三件事，播种善良。

善良是人最质朴的品质，所以《三字经》上说"人之初，性本善"。人之初，都有一颗纯粹、无尘的赤子之心。有些人因为人世间的世态炎凉，或者种种的诱惑，赤子之心渐渐蒙上了灰尘，失去了本性；还有许多人生活得不如意，或许每天都在困苦中煎熬。

所以大前研一说，"一定要极尽自己所能，让那些比你苦，比你难过的人感受到这世上的阳光和美丽。这样的善良常常是播种，在不经意间，就会开出最美丽的人生之花。"

学点音乐，懂一种乐器。 是人生要做的又一件事。

"音乐会洗涤人的身心，打开你的记忆和想象，更会带来意想不到的宁静。此外，还有摄影、收藏的爱好，它们都能让我们的生活增添滋味。"

音乐的美妙是每一个热爱它的人都能体会得到的。无论纯净的、热烈的、忧伤的、甜蜜的；抑或悲壮的，还是缠绵悱恻的，音乐都能调动你的情愫，打开你的记忆和想象，随着音乐的旋律去流浪，去放逐，让你远离纷争和喧嚣，平静而美好。

有爱好的生活会充满乐趣，也会少了计较和算计。人的爱好多种多样，除了策略大师所说的音乐、摄影和收藏之外，书画、写作、阅读，甚至是插花、茶道、钓鱼都可以为生活增添色彩和滋味。我们中国人最是懂得生活的艺术，清人张潮说"人不可以无癖"，林语堂也曾说过"人生必有痴，而后有成"。

第五件事。避开两种苦。

大前研一说，"尘世间有两种苦，一是得不到的苦，二是钟情之苦。前者在你付诸努力之后，就把一切当成一场赌，胜之坦然，败之淡然，好在人生还有机会卷土重来。至于后者，可说是世界上的最苦。如果这时有这样的情愫，一定要像清除灰尘那样，把它从心屋里扫出去。"

第一种苦的避开全在个人的修为和心态的把握。而钟情之苦，确实像策略大师说的那样，很难自拔。

如果你努力了也无法得到，与其痛苦，不如立即断掉念头，快刀斩乱麻，把它像清除灰尘那样从心房里扫出去，你会重获新生的。说不定，在不远的前面会有新的感情等着你，或许正是你冥冥之中追索的。当然，如果你能像哲学家金岳霖先生，或者物理学家叶企孙先生那样，一生甘愿默默地守护着心中那份钟情而不以为苦，则又另当别论。

学会承受，是聪明人必做的第六件事。

大前研一认为，"有些事情需要无声无息地忘记，经过一次，就长一次智慧；有些痛苦和烦恼需要默默地承受，历练一次就丰富一次。"

人生的旅途中，会遭遇各种各样意想不到的事情，有好的也有不好的，但是你要知道，阳光总在风雨后。正如策略大师所说，有些事情需要无声无息地忘记，有些痛苦和烦恼需要默默地承受，这样的你，就会越来越成熟，越来越强大。

第七件事，常怀感恩之心。

大前研一说，"当我们参加完葬礼，总会涌起一些感慨；当我们大病初愈，总会有万般珍惜。感恩的心一定要时时保留，它不仅让你怜惜身边的人物，还能抚平欲望和争斗，甚至幸福的感觉也往往源于此。"

感恩是人类最美好的品德，我们在教育后代时，都不会忘记告诉他们要有一颗感恩的心，但我们自己又做得如何呢？在成人的世界里欲望争斗，嫉妒不平就像是顽疾，很多人也因此失去了幸福的感觉还不知道。所以，我们不要等到参加完葬礼，或者大病一场，才会心有所悟，而当一切过去，又云淡风轻，事不关己，高高挂起。要常怀感恩之心，你的幸福指数就会不断地攀升。

热爱工作，是人生要做好的第八件事。

"尽管工作不像喝茶、聊天那般惬意，但它检验着我们的智慧和能力，得以让我们体现价值及获得成就。一定要全心爱它，毕竟它让我们有事做，有饭吃"。

私心以为，人首先应该尽可能地有一个自己喜欢的职业，这样你的智慧和才能，才有可能最大限度的得到发挥，也才最有可能获得成就，体现价值，也才最有可能感受到幸福。当然，敬业精神是每一个职业人最基本的操守，正像策略大师所说的，工作让我们有事做，有饭吃，所以一定要热爱它。

第九件事，勤于学习。

"读书和学习都是在和智慧聊天，每年至少要读五十本书，它不仅保证你的记忆力、感悟力，还能让你维持个性魅力。这可是练瑜伽、美容所不能达到的效果。"

我对策略大师所说的话深信不疑。我爱读书，但他所说的每年至少 50 本书的目标，对我来说恐怕也还是有点难度的。也许智慧超群的人是个例外吧。但多读书，读好书，一定是没错的，因为它在增长智慧的同时，的确涵养人的气质，长期坚持就会看到效果。

最后一件事，享受运动。

大前研一告诫说，"善用时间运动，享受自然。你的体重就不会因懒惰而高涨，你的容貌也不会因岁月而减少生动，在某种程度上更能保持青春、快乐和健康。"

十件事情都做好了，你或许真的就能成为和策略大师一样出色的人，一样有成就，一样受人尊敬，一样享受着成功的喜悦和快乐。

不信，你试试。反正，我正在努力地去做。当然成与不成，还要看个人的造化了。

2008 年 12 月初稿，2015 年 11 月修改

秦腔里的乡情

偶然在一个博友的博客中读到这样的文字：

我喜欢地方戏，喜欢那种音韵，喜欢那种往人心坎上飘香的艺术形式。

我是陕西人，当然最爱听秦腔，那种豪迈、雄浑的黄土味道着实让我入迷。对"吼秦腔"这种说法我特认可。一个"吼"字可以说概括了秦腔的主要特征。

我也是陕西人，虽然我在那里生活的时间有限，多是不记事的幼年，但是听到或看到乡音乡情，心中还是会油然而生一种亲切，尤其是长大以后。

于是，我在他的博文后面留下了长长的文字。

我对地方戏没有研究，对秦腔也说不上有感情，因为我不懂。小时候，传媒娱乐不像今天这么繁荣，除了样板戏，很难看到或听到其他的。年轻离乡的父母，偶然有机会听到一声秦腔或者她的近亲弯弯腔、眉户、弦板腔、商洛花鼓、关中道情，无论这时他们在做什么，哪怕是再重要的事情都会放下，专注地侧耳听着。那专注的神情至今想起来都真切如昨日。而当时我与弟弟妹妹们，听到这咿呀嘈杂的声响，直觉得是世界上最难入耳的噪音，怎么还会有人这么痴迷。其实，那时的我们不懂秦腔，不懂家乡二字对于游子的含义，更不懂乡情的含义。

从几岁离开家乡，一直到结婚生子，我没有回过家乡。这之中外婆、外公、舅舅、小姨都曾来过北京我们的家。尤其是外婆曾几次离开家乡来到北京，帮助父母照看我和弟妹们的生活。所以对乡音，我并不陌生，甚至还能说上一些，遇到老乡还能秀上几句。

2000年，我随北京书法家协会的女书家考察团去陕西考察学习，也顺便回了趟老家。

虽然那里早已没有我儿时记忆中的一切，没有了地域色彩，但我还是真切地感受到了乡情的醇厚与绵远，也才有机会感受乡亲们对秦腔的那份热爱。随便什么人都能哼上几句，据说很多人还能唱整本戏。逢年过节，婚丧嫁娶，必备的节目就是秦腔戏。就是平日里，也常常有戏班游走在乡镇村庄。戏班的到来，就像过节一样热闹，男女老少早早地来到戏台下占座。坐在台下的观众，有的毫无顾忌地随着胡琴板眼，自顾自地，摇头晃脑地哼唱着，全然不顾台上的演员；有的随着剧情转换击掌叫好，那种热闹的场面，那种神魂颠倒，如痴如醉，在他处，是领略不到的。

秦腔又称乱弹，因其以枣木梆子为击节乐器，所以又叫"梆子腔"，俗称"桄桄子"（因以梆击节时发出"恍恍"声）。秦腔"形成于秦，精进于汉，昌明于唐，完整于元，成熟于明，广播于清"，是相当古老的剧种。我的家乡戏，可以说是中国戏曲的鼻祖，2006年被列入第一批国家级非物质文化遗产名录。

正如那位博友所说的，很多人形容秦腔为"吼秦腔"，喜欢的人，痴醉；不喜欢的人，恶之。全因它的表演的朴实、粗犷、真挚，富有夸张性。只有真懂的人，才能感受它粗犷的外表下的细腻深刻，它的质朴真情。

秦腔，时至今日，我依然还是听不大懂，但却能从演员的声腔表情动作里感受到热烈质朴与真挚，体味到一种说不清道不明的情愫。秦腔于我就像一个符号，一个地域的符号，那就是乡情。

2007年5月于双清山馆

错过今生

我问佛：为什么总是在我悲伤的时候下雪。
佛说：冬天就要过去，留点记忆。
我问佛：为什么每次下雪都是我不在意的夜晚。
佛说：不经意的时候人们总会错过很多真正的美丽。
我问佛：那过几天还下不下雪。
佛说：不要只盯着这个季节，错过了今冬。

有人说这是六世达赖喇嘛仓央嘉措的诗，我从不怀疑他的情怀，却总是怀疑生活在十七、十八世纪的他，如何能写得如此流畅的白话诗，或许这都是翻译者的功劳？

且不管这诗的作者是谁，有一点是可以肯定的，他一定是一个虔诚的佛门弟子，对人、对人性、对人生有着不同寻常的关怀，少了烟火气，多了睿智，澄明通透。所以诗才这般的清澈，直入人心，每一次吟读都感动莫名，都有新的感受。

不要只盯着这个季节，错过了今冬。错过了今冬，还有下个冬天,可若是只盯着眼前,错过了今生,就是后悔也没有办法再重来一回。

每个人都是行者。就如同爬山,有的人,行色匆匆;有的人,从容中道。匆忙的人,是很难顾及路上的风景的,因为他只想着快些到达顶点;从容的人看重的是过程,是沿途不断转换的风景。匆忙的人除了艰辛,或许还有成功带来的短暂的欢欣,便再也没有值得回味的了,留下的是来不及弥补的缺憾;从容的人没有错过路途中的每一道风景,还有风景里的喜怒哀乐,留在记忆里的是满满的实实在在的感受,还有值得回忆的过往。

人生很长,长到你总以为有的是时间来等下一个冬天;人生很短,短到你还来不及细细回味,一生就走到了尽头。

佛说,人有来生。其实,人哪有来生。不是佛欺骗众生,而是佛给众生希望,希望修行的人能够彻底,能够得到超脱,能够体味到人生的快乐。所以,俗世中的凡人不要只顾着低头赶路,错过路途中的风景,而错过了人生中的美好。

林清玄说:"有的心情你不会明白的,有时候过了五分钟,心情就完全不同了,生命的很多事,你错过一小时,很可能就错过一生了。"

原刊于《美术观察》2014 年 11 期

我的梦,还有梦想

梦,对于人来说,是件很平常的事,尤其是像我这样睡眠不好的人,几乎夜夜都有梦光顾。

昨夜,我又梦到了那个让我魂牵梦萦,熟悉得不能再熟悉的地方。这是第几次了,我说不清。

层峦叠嶂的黛青色的远山;一弯不疾不徐,清澈见底,翻滚着雪白浪花的溪水,玉带般蜿蜒在山脚;溪水边的滩涂上杂树丛生,姿态生动,极有韵致。放眼望去,俨然一幅墨气淋漓的山水画卷,而我的家似乎就在那弯水的下游。

此刻,我和我的朋友,正站在一个制高点上,眺望着眼前的画图,愉悦之情就像那条溪水欢快地流过心田。

"这是我见过最美的景致,令人赏心悦目,流连忘返。"我由衷地赞叹着。

朋友却不以为然。我急于让她认同我的感受,这个地方对于我的意义,还远不止于此。

焦急中,却从睡梦中惊醒。如水的夜色透过窗幔的隙缝,泻在墙上，家具上，斑斑驳驳。半睡半醒之间，有一种说不清道不明的熟悉的味道弥漫在四周。

其实，现实中我不知道这是什么地方，也说不清它与我的关系，但我对它的熟悉程度却像是"老相识"，而我对它分明又有一种牵挂，牵牵绊绊。

这样的梦，用心理学家的说话，是因为人的潜意识作祟。而我对此知之甚少，无法清晰地解析自己的梦，但我知道这个梦与我的现实生活不无关系，只是我一时不能真切地解释它的由来。

因为梦而想到梦想，每个人都有梦，也有梦想。梦与梦想的差别不只是一个字。梦虚无缥缈，而梦想却具体而真实；梦被动，梦想却主动。但梦与梦想之间，有时就差一步，有时又可以来回转换。梦想有时可以转化为梦，而梦也可能成为梦想。

人生就是这样，在一个又一个梦与梦想的接续中，从春夏走向秋冬。但使愿无违！梦也许无法解说，而梦想人人都渴望成真。

我的第一梦想，是想成为一名不爱红装爱武装，英姿飒爽的女兵。这不仅仅因为那是一个全民皆兵的年代，更因为我是一个军人的女儿。这个梦想从童年时期就住在了心里。

从小生活在军营里，每天听着军号作息。出入的人，不只是军人戎装素裹，家属院的女人、孩子也都以一袭草绿色的衣衫为时尚。邻家的姐姐们中学毕业，或临近毕业，个个都毫无悬念地戴上了领章帽徽。

我的梦想也是妈妈的理想，她养育了四个孩子，有三个是女儿。她当然希望她的女儿们也能有出息，有个好的职业。因为那时候的孩子中学毕业不当兵，就要下乡，当个工人也是奢侈的事。我是家中的老大，当然知道这份责任。但在那个讲究出身的年代，像我这样不是劳苦大众家庭出身的孩子从小遭遇的歧视，却足以摧毁自信。自卑，还有忧郁，在我好像与生俱来，知道圆满离自己很遥远。时至今日，从不敢奢望会有什么好事，会轻易地落在自己头上。我知道自己未必能如愿以偿，而现实真的就是这样。知道这一切不可能，便又和妈妈一样，将希望寄托在了妹妹们身上。而当她们一个个选择了自己的职业，这个梦想也就宣告寿终正寝，只留下一个遗憾却依旧美丽的梦，尘封在记忆深处了。

能有一个自己喜欢的职业，这是我人生的又一梦想。曾经读过一篇文章中说，人生最大的幸福莫过于从事自己喜欢的职业。文章的作者姓甚名谁早就不记得了，但这句话却过目不忘，至今记忆犹新。20余年的职场努力，遗憾自己一直没有实现这一梦想。这或许又是一个美丽的梦，或许现在这样就是人生最好的安排。

渐渐长大，初谙男女之情，便期望自己能遇到一个知性的男人。有才华，肯努力，懂得女人。这个男人高大英俊，或许应该像父亲那样是个军人。

这是我人生中记忆深刻的第三个梦想。当我遇到现在的先生，恋爱、结婚、生子，我知道这个梦想只不过是成长路上每个情窦初开的女孩子都会做的梦，都会梦想遇到一个完美得不食人间烟火的白马王子。先生虽为一介书生，百无一用，但却是一个有才华，努力向上的男人，更重要的是，我们之间琴瑟相谐的朋友关系更胜过单纯的夫妻关系。与子相悦，死生契阔，人生的缘分如此，不是千年能修得来的吧。

此后的梦想大多不关己身。人到中年，考虑更多的是家人，而不是自己。是父母能快乐地安享晚年，是孩子能健康地成长，有一个美好的未来，或能继承自己的爱好，成为一个艺术家。

虽然努力不让父母再多操一点儿心，可以轻松地过着真正属于他们自己的日子，学学书画，写写诗词，与老朋友谈谈天说说地。其实，父母没有一天不为儿女操心的，尽管儿女们也早已是膝下绕子，但在他们的眼中，还是需要呵护的对象。这一点是在自己作了父母之后才懂得的，唯一能做到的，就是让家中的麻烦事、难事尽量终结在儿女一方。

都说儿大不由娘，而小儿刚刚能自己上、下学，就已不由娘了，现在的独生子，自我意识超常地膨胀……

虽然小儿对于艺术之事敏感而天赋绝伦，但对我们的期望，却置若罔闻，不改顽劣的天性，一副无所谓的神态：奈得我何？我所能做到的，便是尽力给他营造一个健康的成长环境，竭力照顾好他的生活，提供好的学习条件，而将来的选择，全凭他自己，由不得我了。看来，我的这个梦想也只是一个美好的愿望。

其实，人生不如意事常八九。并不是所有的人，所有的梦想都能实现，而实现的梦想也未必就是最好的结果，就是幸福。得即失，失即得，得失之间的玄妙，全在自己体会。

年轮一天天的增长，梦想却越来越少，越来越看重眼前的现实的幸福。而梦却越来越多，越来越缠绕着过往的经历。

昨夜的梦，一直搅扰至窗外大亮。梦醒时分，却惊异这个睡梦中清晰、真实得触手可及的梦境，醒来却不知所宗，而我们分明是老相识了，我总是梦到它，它究竟是哪里呢？

小时候，身为军人的父亲经常变换工作地点，而作为随军家属的母亲，只好带着我们也随之迁徙。说来奇怪，我们的家常常以山为邻。

"就是喜欢住在山旮旯里。"当年帮助父母照看我和弟妹的外婆，常常这样戏谑母亲。

外婆一生生活在关中平原，所见过的山，只有位于县城南面，郁郁青青，锦绣如盖，有"绣岭"之称的骊山，也在离家十几里外。这也是我幼年时，对山唯一的记忆，虽然只是模糊的片断，却依稀记得它的秀美，它的神秘，它的躯体上那火红、火红的石榴花。外婆和我们一起生活的几段不长的时光，恰遇我们的家从一个山洼搬到另一个山脚。尽管这些山远比不上我家乡的骊山，但却给我童年的生活增添了许多的乐趣。

山，在我童年的记忆中是少有的亮色。每每看到山，便有一种温润的感觉划过心房。因为对山的这种莫名情感，这些年来，我走过南北西东许多知名、不知名的，或高或矮的山。

而昨夜的梦或许因此而生，而那个美如图画的景致，或许是我对家乡的一种天生的眷念，或许是对童年生活的怀念，或许是怀旧的一种表现。

2007 年初稿，2015 年 11 月修改

人生的背面

但凡人都有这样的一种人生经验：你得到的并不一定就是你想要的，而你想要的也未必就是你得到的，追求的过程充满了缺憾。

缺憾也可以称为遗憾，每个人的生活中都不可避免的经历过遗憾，没有人可以豪言自己的人生中没有遗憾。我曾寻问一位每日看似快乐的朋友，生命中有没有缺憾？他很肯定地回答说："怎么可能没有，谁都会有缺憾。"的确，每个人的生活中都会遭遇遗憾，包括那些貌似快乐地生活着的人，只是因人因事不同，或大或小，或轻或重而已。

记得一篇文章中说："缺憾使荆轲赌命功亏一篑，使西楚霸王在乌江边留下千古叹息，使孔明六出祁山落魄失魂，如此才有历代英雄气短，泪流满襟的遗恨。"正因为缺憾，才有了英雄泪流满襟的遗恨这样的情感经历，才有了悲壮这样的情感体验。从某种意义上说，缺憾其实也是一种美，或者说是残缺之美，相对于完美，缺憾更贴近生活，更真实，也就更为感人。

荆轲憾则憾矣，却常令后来的人击节感叹。"风萧萧兮易水寒，壮士一去不复返"，燕赵游侠，慷慨悲歌，这或许是荆轲最好的归宿；力拔山兮气盖世的西楚霸王，曾几何时所向披靡，无人能敌，一时间，却又兵败乌江，泪别爱姬宝马挥剑自刎，那场景凄美、悲壮，却豪气冲天；智慧超人的诸葛孔明六出祁山，却"出师未捷身先死，长使英雄泪满襟"。这些遗憾比完美的结局更能触动和震撼人的心灵。

一个人盘点自己的过往，就会发现生活中有意无意间遭遇的遗憾实在太多，或叹息时运不济、命运多舛，或感叹遇人不淑，或怨恨生活无情，或遗恨无人理解，或遗憾没有理想的职业、没有好的姻缘……还有诸如生活中、旅途中遭遇的种种意外、本心要做好事却适得其反等等，这些都会让人难以释怀。

丁亥仲夏五月末，出差青海。这是我平生第一次踏上青藏高原，可以借机亲近向往已久的青海湖，着实兴奋了好几天。

汽车出西宁市区，行程一百多公里，目光才越过黄灿灿的油菜花、绿油油的燕麦，捕捉到传说中的青海湖。那湖水宛若一条玉带，镶嵌在天边，湛蓝的湖水与蓝得耀眼的天空交相辉映，真不知道是水映了天的蓝，还是天衬了水的蓝，若不是大块、大块的黄的、绿的、白的色块相隔，真有些分不清湖水与天的界线在哪。大朵、大朵的白云浮在天上，飘在水里，犹如重彩的画卷，徐徐展开。我们的汽车就像行进在图画里，而我也像童话里的小姑娘，傻傻地贪婪地看着望着，希望这车就这样一直开下去，不要停。

汽车曲曲折折地行进着，走了十多公里，终于到达了湖边。

当我们兴高采烈地踏上青海湖著名的鸟岛——一个传说鸟儿多得可以遮天蔽日的地方,却意外地发现,除了湖水和岸边的青草,只有静静地躺在地上的零乱的蛋壳,以及偶尔划过水面的不知名的小鸟。

原来我们错过了季节,鸟儿们已经完成生儿育女的任务飞往他乡了,只留下曾经生活过的痕迹。如果我们早来一个来月,就可以躬逢其盛了。

遗憾中正欲转上可以近距离观赏长腿鹭鸶的鹭鸶岛,天上忽然飞来一片浓重的云,雨飘然而至,骤然间冷风嗖嗖,一行人只好作罢仓皇逃回车上避雨。高原上的天气就是这样,你不知道下一秒会有哪块云彩光顾你的头顶,也不知道那哪块云彩会落泪,落了泪的云彩还会让阳光顿时失去温度。

雨停了,同行的伙伴儿中有人要赶飞机,我们只好打道回府,再次地环湖而行,我也只好透过车窗,再一次望望天边时隐时现的那弯蓝蓝的湖水。

青海湖之行就这样结束了,真不知道来日是不是还有机会再来,自然心生遗憾。

生活中这样的小遗憾,可以说是常客。去年暮春时节湖北之行,我从武汉出发奔向神农架,一个传说多得可以说上几天几夜的神秘地方。

一路之上,春雨绵绵,山道崎岖湿滑,原本 8 个小时的行程竟然走了 10 多个小时,到达山下的木鱼镇,已是午夜时分。心中暗暗祈祷天明能放晴,谁料一早起来,天公依旧的阴沉着脸。上得山来,但见雾霭迷茫,冷风凄厉,盛开的高山杜鹃也只有蒙眬的身影，在风中瑟瑟地颤抖着，嶙峋的山石影影绰绰、扑朔迷离，视线所及不过丈余，真是神龙见首不见尾。不一会儿，天公不作美竟又下起雨来，雨横风狂，只好悻悻然回到车上。或许正因为这样，印象里的神农架始终神秘莫测，以至见到想要旅行的朋友就必推荐，而有朋友回来的感受却完全两样。

这样的遗憾不过是人生中的小插曲，然而，有些遗憾却可能成为终生的遗憾，在我，没能从事自己喜欢的职业，而最喜欢的事情又没有时间和精力去做，或许因此少了许多乐趣，还有幸福的感觉。我是个凡人，这样的遗憾只能影响自己的生命轨迹，而且或许此生还有弥补的可能，而像荆轲、项羽、诸葛孔明的缺憾影响和左右的却是一群人的生命轨迹，却也只能抱憾终生。

凡人的遗憾虽然不像英雄的遗憾那么震撼人心，琐碎细小却更真实：一份不理想的成绩单，一段不堪回首的往事，一份刻骨铭心却没有结局的爱情，一段执着却没有回报的努力……都是你我曾经有过的经历，真实得就像春天走了夏天来了一样的自然。

"日中则移，月满则亏"，这是自然界的客观规律，人生何尝不是这样。苏东坡曾感叹"月有阴晴圆缺，人有悲欢离合，此事古难全。"谢灵运也说过："天下良辰、美景、赏心、乐事，四者难并。"可见，人生的圆满，还有幸福都是相对的。

正因为和美之事难全，所以就越要追求完美，而完美或许只存在于人的理想中，所以才会有"但愿人长久，千里共婵娟"的愿望。即使表面看似的完美，有时也会像划过夜空的流星，还没来得及细细品味，就已消逝了。只有遗憾来得真实，让人体味得之不易，更让人体味失败或者失去的滋味，从而激发新的欲望还有动力，而这种特殊的情感体验又何尝不是人生的财富。所以有人说："人生就是一个遗憾的过程，也是一个不断弥补遗憾的过程。"就像青海宾馆服务员劝慰我的："这不叫遗憾，叫念想！有了念想，你就不会忘记这里，还会再来的！"

懂得快乐生活才是人生中最重要的，要有所追求，更要学会放弃。要知道生活中的缺憾是现实的存在，没有生命不遭遇缺憾，只要坦然地面对，你会发现，其实，它就像人生的背面，常有意外的收获。就像我的神农架之行，正因为那样的遭遇，我才有机会领略神农架的别样美，这样的经历也不是人人都有幸运遇到的。

2009 年 5 月初稿，2015 年 11 月修改

谁的人生不流泪

读南宋词人张孝祥的词,由词及人,不由地感叹他多舛的人生。

张孝祥,字安国,别号于湖居士,历阳乌江(今安徽和县)人。廷试第一的状元郎,却因此开罪了当朝宰相秦桧。说来原因令人啼笑皆非,因为张孝祥的高中而让秦桧的孙子秦埙失去了做状元的机会。

从此,张孝祥交上了厄运,还惹上了牢狱之灾。

进士及第,是古时读书人的终极理想。所以,那时文人眼中的人生美事除了洞房花烛,就只有金榜题名了。能高中状元是多少读书人的梦想,张孝祥中了状元,自然会令天下许多的读书人失去实现梦想的机会,自然也会招致羡慕嫉妒恨,或许还会招灾惹祸。但把自己送进监牢里去,这样的概率怕是很低,因为文明的社会都有它的秩序。遗憾的是,文明和秩序也难以铲除私欲和贪念,若要是私欲和贪念再与权利结合,悲剧自然就不可避免。不幸的是,张孝祥就成了这样一个悲剧的主角,他只是按照正常的社会秩序，在做着自己该做的事情，却遭遇了人生的大不幸，他等到的不是锣鼓喧天的送喜队伍，而是木枷镣铐。

秦桧死后，张孝祥才得以获释走出牢门，如愿做了官吏，人生也算有了峰回路转，以后的仕宦生涯中又曾两度遭弹劾落了职，此是后话。

像张孝祥这样命运多舛的读书人，历史上并不少见。明朝江南大才子唐寅，赴京赶考却不幸被科考舞弊案牵连，终生不得为官；明朝的另一个才子徐文长出出进进科场不知多少回，却总是名落孙山，怀才不遇，一生坎坷。当然，张孝祥的遭遇更令人拊掌扼腕。

这是否就是圣人所说的"天将降大任于斯人也，必先苦其心智，劳其筋骨，饿其体肤……"。

而这样"苦其心智，劳其筋骨，饿其体肤"的修行，尘世间的平常人又有几人经得起呢。徐文长纵是有才，也终不得志，几番自杀，老年穷困潦倒。

试想，如果交上厄运的不是张孝祥，而是我，又会怎么样？十年寒窗，一朝中第，还没来得及高兴，就经历天堂地狱之变。我是否能面对这突如其来的戏剧般的人生变故，还不丧失意志、自信，不迷失心性？

其实，用不着设想，我很清楚自己几斤几两，根本经不起这样的大灾大难，上天也眷顾我是一个庸常之人，担不起什么重任，所以不用经历大喜大悲的苦难修行，只做些诗文书画的风雅小事。

然而，平凡的小人物也有小人物的烦恼哀愁，也会经历挫折、失意或者不公正。这些挫折、失意和不公正也会让一些人丢了心性，甚至一蹶不振。当然，内心强大的人会选择积极地面对。像我这样内心不够强大的人，遇到这些，只能安慰自己尽力地不去理会，但也挡不住会暗自神伤，好在我疗伤的能力也还可以，往往事过不久，就会回血重新出发。

当然，这样的境遇与张孝祥的遭遇根本就没有可比性。我不知道张孝祥当时是否绝望过，或者想要申诉，但我知道他在走出牢狱之后，依旧雄心勃勃地在官场打拼，几升几落，照旧地做着他的官。

常听人说"不如意事常八九"，也常看到有人不能坦然地面对落在自己身上的不如意。

今天，收到朋友发来的 E-mail，讲的是"人生之道"，里边有这样一句话："人有高低，山有起伏。"读着读着，心中慢慢透了光。

山有起伏，人有高低。何必苛求自己能够多么地高大上，又何必奢求得到他人的理解，还有祝福。只要顺应自己的本心，做自己该做的事，扮演自己该扮演的角色，即使风雨来兮，又怎样？谁的人生不流泪呢。

老子说：祸兮福所倚，福兮祸所伏。如果看到了阴影，那是因为你的背后有阳光。

2008 年 6 月写于双清山馆，2017 年 2 月修改

放下许多,才知道自己快不快乐

到达芬兰赫尔辛基的时候正值盛夏。虽然匆匆而过,印象却是极深的。

午后的街上行人极少,安静中透着恬适。眼观街上的行人,多是像我一样的外国旅游观光客,不免暗暗生奇,赫尔辛基的市民难道都宅在家里,或者在埋头工作?

夕阳斜照里的西贝柳丝音乐公园,满是怡人的绿意。港口的帆船、游艇静静地泊在那儿;微风荡漾的海面上,偶尔飞过一两只不知名的白色水鸟;不远处的绿茵里,三三两两,躺着的、半卧着的、看书的,或者闭目养神的,男女老少都有,静静的没有声息。静谧里仿佛只有阳光挪着脚步。这些人难道就是赫尔辛基的主人?

我们来到这里就像是入侵者,因为远道而来,要逛一逛,看一看,拍一拍照片,自然难管住自己的双脚。或许是这里安静的气氛,让原本爱大声喧哗的伙伴儿们,也都变得轻声细语。尽管如此,走来走去忙着拍照的我们,还是像一块浓艳的色块,一不小心甩在了素雅的水墨画上。我歉意地望望那些静静地享受阳光，还有安宁的男男女女，心中竟莫名地有些悸动。

我曾经见过许多描绘欧洲乡野风情的风景画，画中也有点缀人物的，人物与景相融相谐，让人看着喜欢，也愉悦。而眼前的这幅真人秀的图画，不只让人喜欢，色彩明丽中有着一种柔美的调子，更有一种祥和，还有安宁，令人在感受美的同时，也有了一种幸福的感觉，仿佛绿荫里斜躺半卧着的是亲人、朋友，是自己。

原来，这些在绿茵里静静地躺着、卧着的人，真的是赫尔辛基的主人。在这个季节里，在芬兰，上至国家元首下至黎民百姓，都在享受着盛夏里美妙的假期，享受着对于他们来说超级珍贵的阳光。极圈里的芬兰人，好不容易熬过了漫漫的冬季长夜，迎来了夏季的阳光，这阳光就像是上帝赐给他们的礼物，珍贵得不容怠慢。更多的芬兰人，这个季节都走出国门，去享受他们的阳光假期了。

据说，这里的人很懂得享受生活，不知道什么是竞争，更不知道进取，挖空心思，努力拼搏。对他们来说，竞争、进取就像是天方夜谭。在他们生活的字典里，有的只是如何享受人生，快乐地生活。这不仅仅是因为他们有着良好的社会保障制度，更在于他们的生活态度——人生来就是要享受生活的。

芬兰人的这种人生态度，会令生活在几千公里外的中国人不解，人怎么可以这样贪图安逸而不思进取地活着。

因为在我们的人生辞典里，写满了奋斗、努力、拼搏，还有进取，主流社会约定俗成的价值观就是努力向上，这样的人生才算得上是积极健康的。在我们生存的这个社会,人还没出生,就开始了排队、攀比,甚至争抢。生孩子的要进好的医院,仿佛这样孩子才能安全降生。幼儿要上好的幼儿园、学生要上好的学校,毕业了要有好的工作,还要找个好的结婚对象,好像哪个环节少了努力,不费点心思,都有可能落在人后,影响孩子一生的幸福。

有句话叫作知足常乐,中国人都不陌生,但很少有人会这样去生活,大多数的人会认为这是消极的人生态度,尤其是蓬勃向上的年轻人。虽然我们的先人老子认为这是一种人生境界。

其实,对于饮食男女来说,七情六欲,就像是每天都要吃饭睡觉一样正常,没有欲望的人,才是真的可怕。所以孔圣人说:饮食男女,食色,性也。

但是欲望,如果不能正确的把握,它也会变成魔鬼,会使人欲壑难填,永远不知道满足,有了一种生活,就去幻想另一种生活。欲望就像是一把双刃剑,它可以成为人生的原动力,促使人不断地为了梦想努力、创造;但它也可能成为一切纷争冲突掠夺的根源,让这个世界难得安宁,会让许多人失去快乐,还有幸福的感觉。悲哀的是追名逐利的人永远是人世中的绝大多数,所以司马迁说,"天下熙熙,皆为利来。天下攘攘,皆为利往。"

当然,并不是所有的人都为欲望所役使。知足常乐,也并不只是芬兰人独有的生活态度,中国二千多前的哲人老子就曾说过:"罪莫大于可欲,祸莫大于不知足,咎莫大于欲得。故知足之足,常足矣。"

只是遗憾，能够像老子这样洞明世事的人，几千年来永远是小众，而且往往都是经历过大喜大悲，或者是生命走到尽头的人。所以，前人会感叹：世上无如人欲险，几人到此误平生；名利本为浮世重，古今能有几人抛。

我是个凡人，自然也有凡人的喜怒哀乐愁，在走过了人生大半的旅程，经历了不多不少许多事情之后，才知道什么是生活中最重要的。但现实的生活远比想象的要复杂得多，不是你明白了生活的意义，你就可以从此偃旗息鼓，过上简单生活了。和很多人一样，我也常常是在遇到自己难以逾越的沟沟坎坎，或者经历了生离死别之后，才会想起，其实，可以不用这样鼓努，一样可以快乐，只要知足，就会常乐。但往往事过境迁，一切又一如从前，好像什么都不曾发生过。

我向往陶渊明那样的散淡人生，也努力地向简单生活靠拢，但我更希望自己能真的"跳出天界外，不在五行中"，却无奈现实生活中难免不受欲念的牵引和左右。这大概就是凡人与智者的区别吧。

在这样一个夏日的午后，在这个异国的浓荫里，平日里丢不掉的欲望杂念竟像轻烟不知不觉中散尽了，心中有的只是一片宁静，不由地想起"知足者仙境，不知足者凡境"的话来。许多人追求一生也未必脱胎换骨，眼前的这个场景，让我知道生活其实就这么简单，当你放下许多，就知道自己快不快乐。

2007年5月初稿，2015年9月修改

眼前的幸福才是真的幸福

很多人,常常为了某种自己未必真正明白的所谓成功而活着。这个成功可以是名,也可以是利,可以是地位,也可以是……

为了成功,甘愿舍弃本来拥有的美好生活,去选择接受无尽的煎熬。其实,只要我们能够感受到生活中的快乐,那么你眼中的世界就是美好的。

有这样一个故事,你也许听说过,也许没有听说过,无论你听说过,还是没有听说过,都可以静下心来听我慢慢地再讲一遍,或许你会像我一样心有所动:成功不仅仅来自于轰轰烈烈,平淡快乐也是一种成功。

故事很简单,只有两个人物,一个是美国商人,一个是墨西哥渔民。

一天,美国商人坐在墨西哥海边一个小渔村的码头上,看着墨西哥渔夫划着小船慢慢地靠岸。小船上有好几条大黄鳍鲔鱼。美国商人对渔夫能抓到这样高档的鱼恭维了一番,又问渔夫要多少时间才能抓到这么多鱼？

渔夫回答："只一会儿工夫就抓到了。"

美国人又问："你为什么不待久一些，好多抓些鱼？"

渔夫不以为然，慢条斯理地答道："这些鱼已足够我们一家人生活所需啦！"

"那么，你一天剩下的时间都在干什么呢？"美国商人不解地又问。

渔夫回答道："我每天睡到自然醒，出海抓几条鱼，回来跟孩子、老婆玩一玩儿，再睡个午觉，黄昏时晃到村子里跟哥们儿玩玩吉他，我的日子过得充实又忙碌。"

美国商人听后不以为然，于是帮渔夫出主意，"我是哈佛大学企业管理硕士，我可以帮你的忙。你应该每天多花一些时间去抓鱼，到时候你就有钱买条大一点儿的船，自然你就可以抓到更多的鱼，再买更多的渔船，你就可以拥有一个渔船队。到时候你就不必把鱼卖给鱼贩子，而是直接卖给加工厂。然后你可以自己开一家灌头工厂，控制整个生产，加工处理和营销。这样，你就可以离开这个渔村，搬到墨西哥城，再搬到洛杉矶，最后到纽约，经营你不断扩充的企业。"

渔夫问："这要花多少时间呢？"

"15 到 20 年！"美国商人回答道。

渔夫又问："那然后呢？"

美国商人大笑着说，"然后你就可以在家当皇帝啦！到时候你就可以宣布股票上市，把你的公司股份卖给投资大众。到时候你就发财啦！你可以几亿、几亿地赚。"

"然后呢？"渔夫接着又问。

美国商人接着说，"那时候，你就可以退休搬到海边的小渔村去住。每天睡到自然醒，出海随便抓几条鱼，跟孩子、老婆玩一玩，黄昏时晃到村子里和哥们儿玩玩吉他。"

渔夫疑惑地说："我现在不就是这样吗？"

人生就是这样，就像一个圆，也许你挣扎奋斗了许多时日，却发现又回到了起点，而此时的你或许才大彻大悟返璞归真的道理，才知道最踏实，也最快乐的生活其实就在眼前，而你却错过了十年、二十年，甚至更长的时间。但这时的你却不再年轻，或许你对生活还有许多未尽的愿望，却发现自己早已力不从心，就是你曾经饶有兴趣的事情，也不再打得起精神。

回过头来看一看你的身后，除了忙碌，你的快乐在哪里呢？所以，眼前、当下的生活，你的家人，才是你最应该关心的，你会发现，幸福其实很简单，你就会享有，眼前的幸福才是真的幸福。抓住眼前的幸福吧，别让它把你甩得太远。

原刊于《书法导报》2012 年 3 月 21 日

指缝太宽　时间太瘦

去的尽管去了,来的尽管来着;去来的中间,又怎样地匆匆呢?早上我起来的时候,小屋里射进两三方斜斜的太阳。太阳他有脚啊,轻轻悄悄地挪移了;我也茫茫然跟着旋转。于是——洗手的时候,日子从水盆里过去;吃饭的时候,日子从饭碗里过去;默默时,便从凝然的双眼前过去。我觉察他去的匆匆了,伸出手遮挽时,他又从遮挽着的手边过去,天黑时,我躺在床上,他便伶伶俐俐地从我身上跨过,从我脚边飞去了。等我睁开眼和太阳再见,这算又溜走了一日。我掩着面叹息。但是新来的日子的影儿又开始在叹息里闪过了。

这是朱自清散文《匆匆》中的段落,近来却不期然,常常闪入脑海。初读它已是二十多年前了,那时的我没有现在这样真切的感受:日子如飞。

不知从何时起,竟无由地惶恐起来,为了去来中间的匆匆。未觉池塘春草生,阶前梧叶已秋声。看着眼前正在经历的一切,

叁·指缝太宽　时间太瘦

不知不觉中匆匆而过，俯仰之间，已为陈迹，一年、二年、三年……十年，去日如飞，不禁忧从中来。眉上心间，无计相回避，何以时间这般地瘦，而指缝又如许地宽。

我不知道自己从什么时候开始由时间的富翁，摇身一变成了时间的贫民。

小的时候零星的记忆里，日子慢得令人窒息。总是盼着自己快些长大，羡慕邻家的姐姐，更仰慕比邻家姐姐还长几岁的同学的姐姐，那个在十几里外的镇上读高中的美人，高高的个子，白白的皮肤，粗黑光亮的大辫子长长的垂过腰际，走起路来左右摇摆，很是神气。常常在梦中见到自己长大了的样子，却总是朦朦胧胧的不真切。于是，盼啊盼，一天又一天，太阳东升西落，日子过得却出奇的慢，慢得令人心慌。再长大些，记忆里装满了没完没了的考试，对时间似乎没有太多的感觉。不知不觉中自己真的长大了，似乎也出落得有模有样，却依然不知流光偷换，总感觉有的是时光可以任自己挥霍。但日子它有脚啊，走得健步如飞大步流星，没有丝毫的留恋。二十年，弹指间，等到梦醒，却与韶光共憔悴，好像也只有空悲切的份了。

常常叹息，人生何以会这样，当你不知道什么是生活的时候，日子过得像牛车一样慢；而当你懂得生活的时候，日子却像上足了发条的钟摆，容不得你从容。

其实，感叹光阴无情的人不只有朱自清，也不只有我这样的凡夫，一千多年前的右军将军王羲之，也曾一声长叹：向之所欣，俯仰之间，已为陈迹。珍惜光阴的人也不是今天才有，"三余"的故事，来自于三国时魏国人董遇，他善用时间刻苦读书，终成一代名儒。

　　珍惜光阴的故事从古说到今，流传着许多美好的传说，还有感悟的心语，而且人类还创造了许多形容时间短暂的美妙词汇，比如：刹那、瞬间、弹指、须臾等等。但遗憾的是，人往往都是在挥霍过时光之后，才知道光阴的珍贵，比如我。

　　"刹那""瞬间""弹指""须臾"这些词，都是用来形容最短暂的时间的，但它们却不能等齐划一，因为每一个代表的时间长短都不同，可见人类的时间观念的严谨。"刹那"一词，来自梵文 Ksana 的音译，意译为"一念顷一瞬间"，是古代印度最短暂的时间单位。在东晋僧人翻译的印度佛典《摩诃僧只律》中有这样的记载："一刹那为一念，二十念为一瞬，二十瞬为一弹指，二十弹指为一罗预，二十罗预为一须臾，一日一夜有三十须臾。"

　　曾在报纸上读到过有心人对时间的推算：一天一夜 24 小时，有 480 万个"刹那"或 24 万个"瞬间"，一万二千个"弹指"，30 个"须臾"。一昼夜有 86400 秒，一须臾等于 2880 秒，一弹指为 7.2 秒，一瞬间为 0.36 秒，一刹那却只有 0.018 秒。我不知道这些推算结果是否准确，但却从中体味到了推算者的良苦用心。百年人生，看似漫长，其实短如一瞬，所以人们会咏叹人生"譬如朝露，去日苦多"，"修短随化，终期于尽"。

　　我不清楚有没有人计算过自己走过多少个"刹那"，又有多少个"瞬间""弹指"，还有"须臾"？朱自清曾默默地算过自己有八千多个日子从手中溜去，像针尖上的一滴水滴在大海里，日子滴在时间的流里，没有声音，也没有影子，而头涔涔而泪潸潸了。我没有他的勇气,算算有多少日子从自己手中溜走,但一定比他要多很多很多,而且,为了换取片刻的心安,我还常常有意地忽略今夕何夕。

朱自清说:过去的日子如轻烟,被微风吹散了,如薄雾,被初阳蒸融了;我留着些什么痕迹呢?我何曾留着像游丝样的痕迹呢?我赤裸裸来到这世界,转眼间也将赤裸裸的回去吗?但不能平的,为什么偏要白白走这一遭啊?

是啊,赤裸裸来到这世界,难道转眼间也要赤裸裸的回去吗?飞起来不计东西的飞鸿,偶然之间,还会在雪泥上留下指爪印痕,而我呢,去来之间,除了匆匆,会留下像游丝样的痕迹吗?其实,我的忧虑不只在这里,更因为愿望太多,而日子却自顾自地匆匆而过。被远远地甩在后面的我,不只是头涔涔而泪潸潸,还有惶恐和忧虑。

教师节那天,和闲堂一起去看望钱绍武先生。我们二十多年前开始从先生学习书法,那时的我十八九岁,正是花样年华,转瞬之间我已年过不惑,而先生也已届耄耋之年。久不见先生,惊讶他还是从前那样的精神矍铄,谈笑风生,爽朗的笑声有着金属的共鸣,周身散发着蓬勃的活力,还有热情,还像以前一样,感染着在座的每一个人。怪不得先生被人称为"年轻的老夫子"。

先生名为"朽木堂"的工作室里,四面墙上贴满了书画作品,还有雕塑的巨幅照片,依墙还矗立着他的雕塑作品,有著名的《大路歌》,有仰天长笑的李白,风清月白的李清照……还有尚在创作中的神情凝重的杜甫。半个多世纪先生雕塑了许多的人物,而时光似乎没有在他身上留下多少岁月的痕迹,他依旧的每日忙碌着,依旧的笑声朗朗,而我又惶恐些什么呢?

觉察日子去的匆匆了,不要试图伸手挽留它,也不要惶恐,从容地挽起它的手,快乐地和它一起行路。这是我从朽木堂中年轻的老夫子身上悟到的。

2008年9初稿,2015年11月修改

心远地自偏

近日读普兰特的《简单生活》,又勾起了我向往散淡生活的欲望。

普兰特说:"现代文明正在走向尽头,生活中我们每天忍受繁杂的侵扰,简单正在成为奢侈品。"

在今天人们在竞相追逐物质的奢侈品时,却不知道自己正在慢慢地远离真正的奢侈品。

丽莎·茵·普兰特,原是美国的一名律师,因为厌倦现代社会紧张纷繁的生活,1993年毅然放弃律师职业,从事简单生活的研究和实践,并与他人共同创办了《简单生活月刊》杂志,据说,在全美产生了巨大的影响,还被誉为了"21世纪的新生活导师"。

普兰特的《简单生活》完成于20世纪末,可以说是她多年研究和实践简单生活的集成之作。在这之前她曾经出版了《简单生活就是美》《越简单越快乐》等书。她的著作被翻译成30多种文字,创下惊人的销售业绩。可见生活在越来越拥塞,越来越喧嚣的城市中的人们,其实,更向往自然的清新,自由的呼吸，朴素的生活，简单生活理念也越来越被人们所接受和实践。

美国的报章杂志纷纷发表书评。

《纽约时报》说："简单生活，它不是贫苦、简陋的生活，它是经过深思熟虑之后，表现真实自我、生活目标、意义明确的生活，是一种丰富、健康、和谐、悠闲的生活。

……

简单生活正以前所未有的速度渗透到我们生活的方方面面，它将在新世纪纷繁复杂的物质生活中凸现另类生存境界。"

《美国时代周刊》说："简单生活现今已不再是空洞无物，闲谈无味的书本理论，它作为21世纪新生活时尚，正开始贯穿于美国人的日常居家生活中，并越来越把我们的生活安排得健康纯净、简朴有序。"

《世界旅行家杂志》说："过简单生活不再是意味着必须抛弃舒适的小轿车和豪华别墅，回到原始的山野中去，因为在森林和草原逐渐缩小的今天，返璞归真更主要的指向是回到精神田园的丰富多彩与轻松愉快中。"

普兰特所倡导的简单生活，其实是在现代都市文明中，寻求一种精神上的返璞归真，健康纯净、简朴有序。她的简单生活理论与中国晋代哲人陶渊明所说的"问君何能尔，心远地自偏"有着异曲同工之妙，只是她的理论比陶公渊明晚了一千多年。可见中国人传统的生活方式在今天依然有其生命力，所以，林语堂介绍中国人生活方式的《生活的艺术》，会在美国销量创下奇迹也就不难理解了。

2008年5月写于双清山馆